SVLTO

»Niemand kennt die Rezeptur des Glücks« – so beginnt der Kolumbianer Héctor Abad sein Handbuch zur kulinarischen Aufhellung des Gemüts. Und fährt fort, mit weisen, manchmal höchst bizarren Verordnungen den zahlreichen Variationen des Unglücks zu Leibe zu rücken, denen die Frauen dieser Welt, aber nicht sie allein, ausgesetzt sind – das Alter, Schwiegermütter, die Einfälle der Männer, die Verzweiflung zu zweit, um nur einige zu nennen.

Dies ist zwar ein Buch für den Gebrauch in der Küche, aber auch als Handbuch zur Behandlung unnützer Leidenschaften wird es seinen Dienst versehen. Sie mögen seltsam klingen, aber man sollte sie trotzdem ausprobieren, jene Rezepte, in denen sich das Horn eines Triceratops, drei Wochen lang auf kleiner Flamme gekocht, in ein sicheres, wenn auch rares Mittel gegen Schuldgefühle verwandelt.

Héctor Abad

Kulinarisches Traktat für traurige Frauen

Aus dem Spanischen von
Sabine Giersberg

Verlag Klaus Wagenbach   Berlin

Meinen fünf Schwestern,
besser gesagt meinen sechs Müttern
gewidmet

Niemand kennt die Rezeptur des Glücks. In unglücklichen Stunden sind die raffiniertesten, gelungensten Gerichte vergebens. Auch wenn manchmal die Traurigkeit den Appetit anheizt, sollte man sich an kummervollen Tagen nicht mit Essen vollstopfen. Man verdaut es nicht und setzt Fett an. Der heilsamste Trank wird giftig, wenn eine betrübte Frau ihn leert.

Eine gesunde Übung an unglücklichen Tagen ist das Fasten.

Trotzdem habe ich bei meiner langen Übung mit Obst und Gemüse, mit Wurzeln und Kräutern, mit Muskeln und Eingeweiden von wilden und zahmen Tieren gelegentlich Wege des Trostes gefunden. Es sind einfache Gerichte, die leicht gelingen. Genieße sie jedoch mit Vorsicht: Die besten Heilmittel können manchmal Gift sein. Aber probier es aus, versuche es. Es ist nicht gut, passiv sein Unglück zu hätscheln. Traurigkeit verstopft. Laß dich von den Tränen reinigen, drücke dich nicht vor dem Schwitzen, und koste nach dem Fasten meine Rezepte.

Meine Formel ist verworren. Ich habe festgestellt, daß in meiner Kunst wenige Regeln eingehalten werden. Mißtrau mir, koch meine Heiltränke nicht, wenn du auch nur eine Spur von Zweifel hast. Aber lies diesen trügerischen Versuch zu hexen: Die Zauberformel, wenn sie überhaupt nützt, liegt in ihrem Klang; die heilende Wirkung kommt aus dem Hauch, den die Worte verströmen.

An den Nachmittagen mit anhaltendem Nieselregen, wenn der Geliebte weit fort ist und die Last seiner Abwesenheit dich erdrückt, schneide aus deinem Garten achtundzwanzig frische Melissenblätter und brühe sie mit einem Liter Wasser zu einem Tee. Wenn das Wasser kocht, laß den Wasserdampf deine Fingerspitzen befeuchten und rühre es dreimal mit einem Holzlöffel um. Nimm es vom Herd und laß es zwei Minuten ziehen. Füge keinen Zucker hinzu und trinke es Schluck für Schluck mit dem Rücken zum Nachmittag aus einer weißen Tasse. Wenn du nach der Hälfte nicht eine gewisse Erleichterung hinter dem Brustbein spürst, mach es noch einmal warm und füge zwei Löffel geriebenes Gebäck hinzu. Wenn am Ende des Nachmittags die Beklemmung immer noch anhält, kannst du sicher sein, daß er nicht wiederkommt. Oder daß er an einem anderen Nachmittag kommt und nicht mehr derselbe ist.

Du schlägst Salti mit dem Körper und der Phantasie, um die Traurigkeit zu bannen. Wer aber hat dir gesagt, daß es verboten ist traurig zu sein? Es gibt oft gar nichts Vernünftigeres. Täglich passieren uns oder anderen Dinge, an denen nichts zu ändern ist, oder besser gesagt, bei denen nur ein einziges, uraltes Mittel hilft, nämlich traurig zu sein.

Laß dir keine Fröhlichkeit verordnen, wie man jemandem eine Kur mit Antibiotika oder ein paar Löffeln Meerwasser auf nüchternen Magen verschreibt. Läßt du es zu, daß man deine Traurigkeit wie eine Perversion oder, im besten Fall, wie eine Krankheit behandelt, so bist du verloren: dann fühlst du dich nicht nur traurig, sondern auch schuldig. Du bist nicht schuld, daß du traurig bist. Ist es nicht normal, daß es schmerzt, wenn du dich schneidest? Brennt dir nach einem Peitschenhieb nicht die Haut?

Nun, genauso verhält es sich mit der Welt: Die vage Abfolge von Dingen, die sich ereignen (oder zu denen es nie kommt), schafft einen melancholischen Grundton. Wie schon der Dichter Leopardi sagte: »Wie die Luft den Raum zwischen den Gegenständen füllt, so füllt die Melancholie die Intervalle zwischen einem Vergnügen und dem nächsten.«*

Lebe deine Traurigkeit, betaste sie, entblättere sie mit deinen Augen, begieße sie mit deinen Tränen, packe sie in Schreie oder Schweigen, halte sie in

---

* verweisen auf die Anmerkungen auf Seite 121

Heften fest, schreibe sie in deinen Körper, treibe sie in deine Poren. Denn nur wenn du dich nicht wehrst, wird sie, zumindest zeitweise, an einen Ort fliehen, der nicht dein innerster Schmerz ist.

Und damit du deine Traurigkeit kosten kannst, muß ich dir ein melancholisches Gericht empfehlen: Blumenkohl im Nebel. Die weißen, traurigen, festen Röschen werden in Wasserdampf gegart. Ganz langsam, mit diesem Geruch, den der Atem hat, der aus einem klagenden Mund kommt, werden sie gedämpft, bis sie weich sind. Füge, wenn sie eingehüllt sind vom Nebel, ihrem dampfenden Dunst, Olivenöl, Knoblauch und etwas Pfeffer hinzu und salze sie mit deinen Tränen. Beiße sie langsam kostend von der Gabel ab und weine mehr und immer noch mehr, die Röschen werden schließlich deine Melancholie einsaugen, ohne dich auszutrocknen oder ruhiger zu machen, ohne dir in diesem Moment das einzige zu rauben, was dir gehört, was niemand dir mehr nehmen kann, deine Traurigkeit; du aber wirst das Gefühl haben, mit diesen unverwelklichen, absurden, prähistorischen Röschen, nach denen kein Verehrer im Blumengeschäft fragt, diesen Kohlröschen, die niemand in eine Vase stellt, mit dieser Anomalie, dieser blühenden Traurigkeit deine eigene Traurigkeit eines Blumenkohls, einer traurigen und melancholischen Pflanze, geteilt zu haben.

D as Gewicht der Jahre wird eines Tages wie ein alter Stein aus unergründlichen Zeiten vor deine Füße fallen. Setz dich, wenn du gerade liegst; steh auf, wenn du sitzt und lauf zu einem Bach mit reinem, klarem Wasser (wenn du so etwas findest). Beuge dich hinab und trinke aus der Höhle deiner Hand, bis du unaufhaltsam den umgekehrten Durst des Erbrechens spürst. Beflecke den Bach nicht, benetze dein Gesicht, ohne seinen Lauf zu verschmutzen. Kehre nach Hause zurück und faste bis zum Anbruch des nächsten Tages. Bewahre den gesamten Urin der Nacht auf und besprenge damit sehr früh das Basilienkraut. Du hast zwar nicht die Jugend wiedererlangt, aber du wirst verjüngt sein.

I rgendwann wirst du, aus Gründen, die wir beide kennen, wollen, daß dein verschlossener Gast gesprächiger wird und verborgene Worte ausspricht. Aber ich warne dich: wenn du ihn unbedingt dazu bringen willst, geht es nicht ohne Blut.

Solltest du dich dazu entschließen, bitte den Schlachter um ein leicht geräuchertes Stück Lende vom ausgewachsenen Ochsen (mindestens drei Jahre alt). Schneide die Scheiben so dick wie die vier Finger deiner Hand ohne den Daumen. Lasse sie von Sonnenaufgang bis Sonnenuntergang draußen im Schatten liegen, abgedeckt von einem Netz, das die Fliegen fernhält. Du mußt auch viel schwarzen Pfeffer besorgen, den du kurz vor dem geplanten Essen in einem Mörser nicht zu fein mahlst.

Knochen und Kleinteile werden zu einem kräftigen Fond verarbeitet. Auf jede Scheibe Fleisch kommt ein gehäufter Eßlöffel gemahlener Pfeffer.

Wenn der Gast schon am Tisch sitzt und mit seinem Salat beschäftigt ist, erhitzt du Öl und Butter in der Pfanne und legst die Lendenstücke hinein, ohne sie zu bewegen, ohne sie auch nur zu berühren, und brätst sie auf hoher Flamme eineinhalb Minuten von jeder Seite. Nach drei Minuten nimmst du sie dann vom Herd, legst sie auf einen Teller und verteilst die entsprechende Menge Pfeffer darauf.

Dann schüttest du ein randvolles Glas Brandy in die Pfanne und gibst ein wenig von dem vorbereiteten, wie gesagt, sehr kräftigen Fond hinzu. Leg die Lendenstücke zurück in die Pfanne und laß die Flüssigkeit weitere drei Minuten einkochen. Dann füge einen Löffel Sahne für jede Fleischscheibe hinzu und laß die Sauce eindicken, ohne daß sie kocht.

Fülle alles in eine Schüssel und bring sie an den Tisch. Reiche Brot und Kartoffelpüree dazu. Der Wein muß rot und aus Trauben sein, die vor mindestens drei und höchstens fünf Jahren gelesen wurden. Diese rote Flüssigkeit und das hellrote Blut des Rindes werden die Zunge des vorsichtigsten und schweigsamsten Gastes lösen.

Das Rezept funktioniert sicher. Aber eine Bedingung mußt du beachten, damit der Erfolg gewiß ist: die Sahne muß von derselben Kuh stammen, die das geopferte Rind geboren hat. Wenn dem nicht so ist, wird der Gast zwar auf jeden Fall reden, aber vielleicht nicht das sagen, was du hören willst.

Wenn du willst, daß andere Lippen sich großzügig zeigen, mußt du deine ebenfalls öffnen.

Nur wenige Frauen beherrschen sie nicht, die Kunst der Augensprache, den Blick. Entweder lernen sie es durch Beobachtung oder sie können es von Geburt an. Für einen strahlenden Blick will ich dir ein Rezept geben, das Erfolg ohne Risiko verspricht. Es besteht darin, daß du deine Augen mit einer Lösung aus zwei Prisen Salz auf ein Liter abgekochtes Wasser ausspülst. Ich weiß, daß etwas so Einfaches für dich nicht nach Magie klingt. Das Einfache erweckt Mißtrauen; das ist auch der Grund, warum die Zauberer, Wunderheiler und Ärzte davon leben, sich ziemlich hochtrabende Worte und Zauberformeln auszudenken: niemand glaubt an das Einfache. Wasch dir also die Augen mit der besagten Flüssigkeit aus und spreche gleichzeitig diese geheimnisvollen Zauberworte: Kleine Laune, Schabernack, gib den Augen Schimmer ab!

Die Farben deiner Iris werden klarer sein, die Kornea transparenter, die Wimpern freier und das Weiße, von dem das glänzende Prisma deines Glaskörpers umgeben ist, noch weißer. Dein Blick wird so strahlend, daß diejenigen, die ihn einen Moment lang erhaschen, vor Erstaunen blinzeln werden.

Wenn dich eines Tages, wie es uns allen einmal geht, die Worte krank machen und du es leid bist, sie zu hören oder sie auszusprechen, wenn jedes Wort, das du wählst, dir abgenutzt, glanzlos, minderwertig vorkommt, wenn dir übel wird, weil alles »schrecklich« oder »göttlich« zu sein scheint, ist dir natürlich nicht mit einer Buchstabensuppe geholfen.

Dann mußt du folgendes tun: Koche eine Portion Spaghetti al dente und würze sie mit der einfachsten Sauce, die es gibt: Knoblauch, Öl und Ajípfeffer. Darüber reibst du eine Schicht Parmesankäse. Auf die rechte Seite des tiefen Tellers, auf dem sich die Spaghetti mit der Sauce türmen, legst du ein aufgeschlagenes Buch. Auf die linke Seite legst du ebenfalls ein aufgeschlagenes Buch. Dahinter stellst du ein volles Glas trockenen Rotwein. Jede andere Gesellschaft ist nicht empfehlenswert. Du blätterst aufs Geratewohl die Seiten des einen und des anderen Buches durch, aber es müssen Gedichtbände sein. Nur die guten Dichter heilen uns. Nur die einfachen, wesentlichen Dinge heilen uns von der Übersättigung durch die Völlerei.

L aß dich nicht von der unseligen Gewohnheit des Schluchzens packen, und kuriere dich mit einer Portion weißem Reis. Eine Tasse genügt. Wasche den Reis dreimal, bis das milchige Wasser zart und sanft wie ein Ammenschoß wird. Füge die doppelte Menge Wasser und eine Prise Salz hinzu. Wenn das Wasser kocht, rühre einmal um. Schließe den Topf mit einem Deckel und schalte die Hitze herunter. Zehn Minuten später schaltest du den Herd ganz aus, ohne den Deckel anzuheben. Laß den Reis eine Viertelstunde zugedeckt. Dann kannst du essen.

Wenn du ein ganz frisches Ei von einer Ente oder einem Huhn hast, kannst du es unter den Reis mischen. Die Farbe des Eigelbs wird das Schluchzen vertreiben und das Weinen unterdrücken. Ist ihre Wirkung zu stark, wirst du etwas später die stoßweise, fast scherzhafte, unfreiwillige Reue des Schluckaufs verspüren.

Jemand hat einmal gesagt, nur die Nächte, die man schlaflos verbringt, in denen man kein Auge zutut, seien einzigartig. An die verschlafenen Nächte erinnert man sich nicht. Genauso verhält es sich mit der Liebe: am unvergeßlichsten bleibt die, die sich nicht erfüllt hat.

Wie gegen die Schlaflosigkeit, so gibt es auch für das Vergessen Heiltränke und Mixturen. Aber sie können in ihrer Wirkung nicht unterscheiden. Die einen schläfern dich ein (ohne Träume ohne Schlaf), als würdest du sterben. Und bei den anderen vergißt du, wenn du sie einnimmst, nicht, was du vergessen willst, sondern du vergißt alles, wie erbaulich oder niederschmetternd es auch gewesen sein mag.

Ich werde dir also meine Tränke für den Schlaf und das Vergessen nicht verraten. Du könntest genausogut zum Schierlingsbecher greifen.

W enn leidenschaftliche Verfechter des Einheimischen dir deine ausländischen Gerichte vorhalten, mußt du sie daran erinnern, daß auch die Bohnen, der Eintopf mit Ajípfeffer, das getrocknete Fleisch und das Würstchen importiert sind. In diesen Regionen am äußersten Rand des Westens gab es weder Maronen noch grüne Bohnen, noch Hühner. Daß wir seit drei Jahrhunderten grüne und reife Bananen kochen, ändert nichts an der Tatsache, daß es die Sklaven waren, die sie uns mit ihren stattlichen Körpern brachten.

Ein Leben ist sehr kurz für den Verlauf der Geschichte, und wenn wir auch erst seit ein paar Jahrzehnten, was weiß ich, gelben Käse oder Entrecôte mit Sauce Béarnaise essen, so wird uns das innerhalb von zwei Jahrtausenden so alt erscheinen wie der Mais, so typisch einheimisch wie die Maispasteten, so urtümlich wie das ungesäuerte Brot, das mit blutrünstigen, kannibalischen Worten verschlungen wurde. Vor einem Jahrhundert noch war es verpönt, an den Tagen hartnäckigen Nieselregens in Bogotá einen Kaffee zu trinken, das machten nur die Snobs, und den Alteingesessenen wurde geraten, nur Schokolade zu sich zu nehmen, wenn sie nicht als extravagant gelten wollten.

Sollen sich die Fundamentalisten der Gaumenfreuden doch auf Maniok, Kartoffeln oder Tomaten beschränken. Zweifellos gute Dinge, aber vielleicht ein bißchen wenig. Wenn sie jedoch meinen, daß ihre Vergangenheit einzigartig ist, daß sie keineswegs eine bunte Mischung aus amerikanischen, europäischen und afrikanischen Elementen sind, sollen sie ihren beschränkten Horizont ruhig weiter kultivieren.

Halte es lieber wie ich: fühle dich als Vielheit, wandele munter durch die drei kulinarischen Traditionen und fühle dich in allen dreien zu Hause. Mehr noch, empfinde auch die orientalische nicht als fremd. Wir alle sind Menschen, und so wie der Reis unseren Gaumen erfreut, müssen auch die Chinesen zwangsläufig Gefallen an der Tortilla finden.

Bleib ruhig, iß, was dir gefällt, fast alles ist gut, ganz gleich, wo es herkommt. Der kulinarische Regionalismus ist nichts als Engstirnigkeit. Es gibt wenig Verse, die so töricht sind, wie die eines unserer sogenannten »Dichter der Rasse«* (man fragt sich von welcher?), in denen erbittert für den Mais und gegen die Kartoffel gestritten wird:

Salve, zweite Dreifaltigkeit,
Salve, Bohnen, Maisbrei, Tortilla!
(...) Oh, Ungeheuerlichkeit, Blasphemie,
Kartoffeln mit Mais zu vergleichen!

Wenn du einmal genötigt bist, Leute einzuladen, die sich damit brüsten, sehr einheimisch, sehr lokalpatriotisch, authentisch und vollkommen bodenständig zu sein, solche, die sich etwas darauf einbilden, noch nie in einem anderen Land gewesen zu sein, dann bereitest du für sie am besten unser urtümlichstes Gericht, das Gericht schlechthin, die wunderbare kulinarische Entdeckung der Ureinwohner, die unser Land zu beiden Seiten des Citará bewohnten. Das Rezept ist durch einen Chronisten der Kolonialzeit überliefert und besteht darin, Würmer zu braten, die die Indios *mojojú* nannten und die wir heute unter dem Namen *mojojoi* kennen.

Wie der Reisende berichtet, handelt es sich dabei um »Würmer, die weißer als Hermeline sind, aber besser gewachsen, robuster und kräftiger, sie haben fleischige Köpfe und werden *mojojú* genannt. Sie sind bei den Leuten, die in den Minen arbeiten und in den Bergen leben, sehr begehrt, und sie sagen, es sei ein köstlicher Schmaus; soweit ich es beobachten konnte, bestehen sie nur aus Fett, denn ich sah, wie sie sie zum Braten verwendeten. Sie schneiden sie in der Mitte auf, holen die Eingeweide raus, die wie eine zarte Flöte sind, trennen die Köpfe ab und schneiden das Innere wie Schweinespeck heraus, streuen Salz darauf und stellen es in einer Pfanne auf das Feuer. Es kommt viel Fett heraus, und darin braten sie Eier oder andere Sachen und verzehren das Geröstete mit Hochgenuß. Sie essen sie gebraten und auf tausenderlei andere Arten, sie sind sehr nützlich, denn man kann mit diesen Fettwürmern ein paar Schwarze viele Tage lang versorgen.«

Du wirst sehen, was du mit dem *mojojoi* für einen Erfolg haben wirst. Es ist ein köstliches, authentisches Gericht, für Lebern, die an unsere fetten Ameisen vom Friedhof von Bucaramanga gewöhnt sind. Du mußt nur sagen, es handele sich um hiesige (oder, besser gesagt, aus unserem Land stammende) Langusten oder Garnelen; es ist ein reines Erzeugnis aus dem Inneren unseres Bodens. Und wenn sie sie nicht essen, werden sie wenigstens den Mund halten.

D as weiße Fleisch der Seezunge ist eine Speise für Kranke. Und du wirst doch nicht die Krankheit anziehen wollen, indem du Seezunge ißt. Obwohl das natürlich genauso ein Aberglaube ist wie der, daß der Gesunde, der Honig schlürft, nicht an Husten erkrankt.

Es ist jedoch dem allgemeinen Gleichgewicht zuträglich, daß du die Heilmittel denen überläßt, die sie brauchen. Wenn du gesund bist und deine Liebe erwidert wird, ernähre dich von Rohkost: Beiß in einen Apfel, trink Fruchtsäfte, stecke zwischen zwei Schichten saftiges Birnenfleisch ein Stück trockenen Käse. Käse mit Birnen fördert die glückliche Liebe.

Aber iß auf keinen Fall Käse mit Birnen, wenn du auf der Suche nach Liebe bist. Das verleiht nicht die nötige Sinnesruhe, die die Liebhaber anzieht. Männer mißtrauen jeder Frau, der man ansieht, daß sie nach einer Beziehung lechzt. Was sie anzieht, ist eine gewisse fröhliche, aufmerksame Gleichgültigkeit. Sei aufmerksam zu den Männern, die dir gefallen, die dich anziehen, aber nicht zu sehr. Tu so, als ob du abgelenkt bist, als ob du dich um andere kümmerst, als wäre er nur einer unter vielen, ein Gleicher unter Gleichen. Warte, bis er sich interessiert zeigt, und schenke ihm vorher kein strahlenderes Lachen als den anderen. Und wenn er auf dich zukommt, falls er überhaupt auf dich zukommt, beuge einer Enttäuschung vor und beherzige die Worte einer klugen Frau aus meinem Land: »Alle Männer muß man mindestens einmal aufkochen.«

Versuche niemals, Rezepte deiner Schwiegermutter nachzukochen, bevor sich ihr Begräbnis nicht zum dritten Male gejährt hat. Solange sie noch lebt, ist das ein schwerwiegender Fehler, denn dein Mann wird sagen, daß es nicht so schmeckt wie bei ihr, daß du zuviel oder zuwenig Salz genommen hast, daß die Würze nicht stimmt, daß das Gericht eine andere Konsistenz oder Farbe hat. Außerdem würde sich seine Mutter, wenn sie lebt, noch überflüssiger fühlen.

Wenn aber die Schwiegermutter gestorben ist, die Erinnerung an sie langsam schwächer wird und kaum noch einer daran denkt, ihr Grab mit Blumen zu schmücken, wird es eine willkommene Überraschung sein, den Duft ihrer Speisen wiederzubeleben. Das Rezept wird dir genauso gelingen, es wird weder fade noch versalzen schmecken, es wird gut gewürzt sein und die perfekte Konsistenz, dieselbe Farbe wie bei ihr haben. Und anstatt sie zu verdrängen, hast du das Beste von ihr wiederauferstehen lassen.

B ist du nervös, hilft immer noch die gute alte Kamille, aber du darfst ihre Heilkraft nicht durch Zitrone oder Süße schmälern. Es funktioniert nicht, wenn das, was dich beunruhigt, stärker ist als du. Sollte dem so sein, dann ist es durchaus angebracht, nervös zu sein.

I st es denn ein Übel, unverheiratet zu sein? Laß nicht zu, daß dich die Heiratsstifterinnen bedrängen, laß nicht zu, daß dich falsche Kupplerinnen umschwärmen. Es gibt Menschen, die heiraten, weil sie müssen, und damit glücklich werden; andere schreiten lächelnd zur Trauungszeremonie, ohne auch nur darüber nachzudenken, daß sie geradewegs auf das Schafott zugehen. Können denn die nicht glücklich sein, die allein bleiben müssen, weil es nicht genügend Angebote gibt? Kann sein, daß du dir unter Tränen einen Himmel auf Erden sicherst. Heiraten ist wie Lotteriespielen. Die attraktivsten jungen Männer bekommen schon kurz vor dem dritten Hochzeitstag einen Bauch. Sie werden zu untätigen Diktatoren, unersättlichen Tyrannen, gleichgültigen Schwachköpfen, die Zeitung lesen und fernsehen. Traumprinzen sind wirklich rar gesät

Nimm aber auf keinen Fall die verhängnisvollen Laster alleinstehender Frauen an. Werde nicht klatschsüchtig. Vertreibe jede Spur von Verbitterung. Sei nicht gehässig gegenüber denen, die in unglücklichen Beziehungen leben, bohre nicht mit bissigen Kommentaren in ihren Wunden. Nimm keine Grillen an, bewahre dir einen offenen Geist. Genieße deine Freiheit, ohne vor den Sklaven damit zu prahlen.

Die Gelegenheit, Dinosaurier zu essen, ist heutzutage eher selten. Sie sind vor 65 Millionen Jahren ausgestorben, als es auf der Erdkruste noch nicht einmal die Halbaffen, die Vorfahren unserer Vorfahren, gab. Von den Sismosauriern weiß man, daß sie gutes Fleisch hatten, zumindest, was die Menge angeht, denn sie wogen 90 Tonnen. Die Eier, die sie legten, waren ebenfalls gehaltvoll: Mit einem einzigen Ei von einem Tyrannosaurus könnte man eine Tortilla für eine ganze Kompanie zubereiten.

Es ist schade, daß wir kein Dinosaurierfleisch mehr essen können, denn es ist, genau wie die leider nicht mehr zu kostende Milch des Mammut, das einzig wirksame Mittel gegen das Schuldgefühl, also das Bedauern darüber, was wir angerichtet haben. Ein einziges Mal in meinem Leben konnte ich einen Eintopf mit einem der versteinerten Hörner eines Triceratops zubereiten. Der phallische Stein weigerte sich, auf den Boden des Topfes zu sinken, und nachdem ich ihn drei Wochen ununterbrochen gekocht hatte, erhielt ich eine Substanz von so geringer Konzentration, daß ich sie homöopathisch nennen würde. Ich gab die Suppe einer bedürftigen alten Frau zu trinken, und die Besserung trat auf der Stelle ein, war aber nicht von langer Dauer, denn nach acht Monaten kehrte das Schuldgefühl zurück. Und ich hatte keine weitere Dosis mehr, die ich ihr hätte verabreichen können, um ihr die Absolution zu erteilen.

Ich habe jedoch in der Folge einen passenden Ersatz für meine Geheimwaffe gegen das Schuldgefühl gefunden.

Es gibt einen Fisch, den seltsamsten Fisch, den man sich vorstellen kann, der ein Zeitgenosse der Dinosaurier war. Er ist ein lebendes Fossil, das sich schwerfällig durch die Tiefen des Indischen Ozeans in der Nähe der Komoren bei Madagaskar bewegt. Ich muß zugeben, meine Entdeckung war zufällig.

Wir schrieben das Jahr 1946, und ich weilte zu einem Arbeitsurlaub auf Madagaskar, ich wollte Sonnenbaden und zugleich *in situ* die Verwendungsmöglichkeiten von Ylang Ylang für die Parfumherstellung testen, einer Pflanze, die dort wächst und mit der heute nichts Geringeres als Chanel No. 5 hergestellt wird. Eines Nachmittags war ich die Dufttests mit verschiedenen Blütenkonzentrationen leid und beschloß, zwei Tage mit den Fischern auf dem Meer zu verbringen.

In der Abenddämmerung des zweiten Tages machten wir den wundersamen Fang. In dem Netz, das die ortsansässigen Fischer morgens ausgelegt hatten, tauchte das merkwürdigste Tier auf, das meine alten Augen je gesehen hatten. Die Einheimischen wollten es sofort wieder ins Meer zurückwerfen, wie man einen schlechten Gedanken abwehrt, als hätten sie den Teufel gefangen, aber ich bestand darauf, ihn zu behalten. Ich hatte ihn einige Wochen lang eingefroren und versuchte auf allen möglichen Wegen herauszufinden, welcher Fischart dieses Meeresungetüm angehören könnte. Bis ich erfuhr, daß die Kuratorin des Museums für Naturgeschichte von East London, Südafrika, Mrs. Latimer, bereits acht Jahre zuvor solch einen Fisch gefunden hatte. Ihre Entdekkung war so großartig gewesen, daß man der Art den Namen *Coelacanthus latimiser* gegeben hatte. *Coelacanthus*, weil er genauso aussah wie die gleichnamigen Fossilien und *latimiser* zu Ehren Frau Latimers. Und das *miser* in dem Namen brachte mich darauf, wofür man sein Fleisch verwenden könnte.

Wir hatten also nichts Geringeres als einen Coelacanthus aus dem Meer gehoben, eines der außergewöhnlichsten lebenden Fossilien. Bis 1938 kannte man ihn nur aus den Fossilienregistern, und man ging davon aus, daß er seit der Zeit der Dinosaurier ausgestorben war. Hier aber war er, putzmunter, und schwamm bedächtig und schweigsam durch die See vor Madagaskar.

Mit einem marinierten Filet vom Coelacanthus machte ich meinen ersten Versuch mit einem vorsintflutlichen Rezept, und ich muß sagen, das Ergebnis war erstaunlich. Ich kann versichern, daß die konzentrierte Brühe vom *Coelacanthus latimiser* von Schuldgefühlen heilt, die Wirkung der Brühe hält mindestens 38 Monate an, dann muß eine weitere Dosis verabreicht werden.

Wie ihre versteinerten Vorfahren von vor 60 Millionen Jahren haben die lebenden Exemplare des Coelacanthus schweres, öliges Fleisch, den unvergänglichen alten Geruch und den herben Geschmack, der damals die Gaumen inzwischen ausgestorbener Arten erfreute. Ein Stück von seinem Fleisch (gekocht oder eingelegt) genügt, um sich von der unheilbaren Krankheit des Schuldgefühls zu befreien. Die höchste Konzentration dieser wohltuenden Wirkung seiner Substanz liegt in den phosphoreszierenden Augen, die es gewohnt sind, zu sehen, wo es kaum Licht gibt, aber auch mit den fleischigen, geflügelten

Flossen (die fernen Vorläufer unserer Hände und Füße) erzielt man ein gutes Resultat.

Das Problem ist nur, wie man an einen Coelacanthus herankommt. Alle zehn oder zwölf Jahre hört man vielleicht, daß im fernen Indischen Ozean einem Fischer wieder mal einer ins Netz gegangen ist. Die wenigen, die wir seine unglaublichen Eigenschaften kennen, müssen aberwitzige Beträge hinblättern und uns mit Hunderten von Paläontologen und Kuratoren von naturgeschichtlichen Museen darum streiten, die das Exemplar mit aller Gewalt an sich reißen wollen, um der Wissenschaft zu geben, was der Heil- und Kochkunst bestimmt ist.

Man muß aufmerksam leben. Wenn du an einem unbezwingbaren Schuldgefühl leidest, lebe in der Hoffnung, daß irgendwann ein Coelacanthus gefangen wird. Setze dich mit den wenigen Fischern von Madagaskar in Verbindung, die um das Geheimnis wissen, und zögere nicht, dorthin zu reisen, sobald ein verirrter Haken ein nicht weniger verirrtes Exemplar eines Coelacanthus zutage fördert. Verirrt vor allem in der Zeit, denn er ist ein Zeitgenosse der Dinosaurier. Du kommst vielleicht noch rechtzeitig dazu, von ihm zu kosten, bevor das Schuldgefühl dich ganz überwältigt. Bestelle einen für das nächste Jahrzehnt und beruhige dich bei dem Gedanken, daß du mit einem einzigen Filet seines uralten Fleisches für den Rest deines Lebens alle Gewissensbisse bezwingen kannst. Andere Rezepte gegen das Schuldgefühl sind wirkungslos. Diese törichten Seelenschmerzen, die sich durch eine jahrtausendealte, Schuld erzeugende Geschichte in deinem Kopf festgesetzt haben, kann nur eine Speise aus dem Zeitalter der Dinosaurier heilen.

E s ist eine gesunde Gewohnheit, es täglich zur selben Stunde zu tun. Wo auch immer du bist, mindestens sechs Minuten (und nie mehr als vierzig, denn Übertreibung führt zu Hämorrhoiden), sitzend oder hockend, aber in Ruhe. Mit einem guten Buch oder einem guten Gedanken. Es gibt keine klügere Formel, um von der guten Laune heimgesucht zu werden, die die Menschen in der Antike zu Recht zwischen dem Magen und den Eingeweiden ansiedelten. Wenn etwas schlecht herauskommt, überlege, was du in den letzten sechzehn Stunden davor gegessen hast, und laß es weg. Wenn du hingegen keine Schwierigkeiten hast, tu dasselbe und nimm künftig diese Nahrung immer zu dir.

W erde ruhig älter, kämpfe nicht mit allen Mitteln gegen die Zeichen der Zeit. Siebzigjährige Frauen mögen die glatte Pfirsichhaut einer Fünfzehnjährigen haben, aber sie sehen trotzdem welk aus. Ihr Haar mag blonder sein als das der schwedischen Schönheiten, aber trotzdem sind sie nur gefärbt. Sie haben keine graue Strähne, keine einzige Falte, und doch sieht man ihnen an, daß sie alt sind. Du wirst niemanden täuschen, wie der Vers besagt, der da heißt:

Dürr wie ein Strich,
glatt das Gesicht,
dein Alter verbirgst du trotzdem nicht.

Ich sage ja nicht, daß du sterben, gebeugt gehen, hinken, den Stock hochhalten oder ein Totengesicht aufsetzen mußt; ich sage nur, daß du nicht das Unmögliche vortäuschen sollst. Du mußt akzeptieren, daß man ein Gesicht mit zwanzig, ein anderes mit vierzig und wieder ein anderes mit siebzig hat. Was das Alter betrifft, so kann man nicht einfach die Zeit anhalten, wie sehr man es auch versucht. »Das Alter«, sagt Borges, »mag die Zeit unseres Glückes sein. Das Tier ist gestorben oder fast gestorben.«* Es bleiben der Mensch und seine Seele; außerdem gibt es Falten, die dem Gesicht Würde verleihen. Mit der Zeit, und nur mit der Zeit, bekommt man sein eigenes Gesicht, geprägt von Mienenspiel und Gemütsart. Lachen, Konzentration, Wut, Freude hinterlassen ihre Spuren im Gesicht. Zerstöre das nicht durch chirurgische Gewaltakte.

Aber du mußt natürlich die Listen herausfinden, mit denen der Tod uns das Leben aus Geist und Körper reißen will. Ein weiser französischer Hygieniker sagt, daß »alle sich damit abfinden, auf das Ende des Lebens zu warten, ohne etwas dafür zu tun, es zu beschleunigen«, aber ich würde noch weiter gehen und sagen, daß man alles, was in seiner Macht steht, tun sollte, um es aufzuschieben. Man muß gegen die Krankheit, gegen den Tod, gegen die vermeidbaren Alterserscheinungen kämpfen. Aber ohne trügerische Mittel, ohne tückische Schnellverfahren, die zu nichts führen.

Das Alter, das man zuläßt, ist natürlich und wirkt angenehm bei den Frauen, die es ungeschminkt zeigen. Das Alter, das man verbirgt, mit der vergeblichen Absicht, die Zeit zurückdrehen zu wollen, ist ein Sinnbild des Scheiterns, es verleiht ein maskenhaftes Aussehen, das Mißtrauen weckt. Deine Anziehungskraft im Alter liegt nicht darin, möglichst viel Brust zu zeigen; die Zeiten, in denen du mit glatten Wangen verführt hast, sind vorbei. Du hast Muße gehabt, mehr Dinge zu lernen, das heißt intelligenter zu werden, und genau das macht dich attraktiver als jeden Backfisch.

G ebratene (oder gekochte oder sonstwie zube-
reitete) Hoden sind kein wirksames Mittel gegen Impotenz. Wie Lunge nicht die Schwindsucht,
Ohren nicht die Taubheit und Augen nicht die Blind-
heit kurieren, kann man auch diese Krankheit nicht
durch den Verzehr von etwas Ähnlichem heilen.

Es gibt die Impotenz; auch wenn alle darüber lachen, bis auf den schüchternen Mann, der darunter
leidet, und die ratlose Frau, die fürchtet, der Grund
dafür zu sein. Es ist nicht einfach, Abhilfe zu schaf-
fen, aber ich versichere dir, es gibt gegen die Impotenz eine wirksame, wenn auch langwierige Behand-
lungsmethode.

Kommt es immer und überall und mit jeder Person vor, deutet alles darauf hin, daß es sich um einen schwierigen, fast aussichtslosen Fall handelt, in
dem meine kulinarischen Ratschläge nichts ausrich-
ten können. Wenn die Askese eine unausweichliche
Bestimmung des Schicksals ist, ist es das beste, sich
ohne Mühen in das zu verwandeln, wofür viele Heilige riesige Opfer bringen mußten.

Aber wenn es, wie in den meisten Fällen, nur spo-
radisch vorkommt, und unerklärlicherweise nicht
bei denen, die wir abstoßend finden, sondern im
Gegenteil, bei denen, denen wir unsere liebe- und
kraftvolle Umarmung am meisten schenken wollen,
kann ich Besserung und sogar endgültige Heilung
garantieren. Betrachten wir es einmal so:

Impotenz ist nichts anderes als die Angst davor,
impotent zu sein.

Sie gehorcht einer kleinen bösartigen Laune des Gehirns, die jeden aggressiven Impuls ausmerzt. Durch ein Ungleichgewicht im Blutfluß denkt der Impotente (unbewußt), daß seine Kraft dem anderen Schaden zufügen könnte. Diese Art von Impotenz enthält eine Angst: nämlich daß es ein Begehren gibt, das seiner Kraft überlegen ist und das ihn gänzlich entblößen könnte.

Ein wichtiger Punkt: die einzige Hand, die den Impotenten heilen kann, ist dieselbe, die die Impotenz hervorruft. Nur durch die Liebe der Geliebten kann der Liebende geheilt werden. Ist er erst einmal geheilt, wird er der beste, standhafteste, ausdauerndste und (unglücklicherweise) auch der fruchtbarste Liebhaber sein. Die Frau des Impotenten wird ihre Beklemmung für sich behalten und nicht über ihre Ängste sprechen. Laß dir ja nicht einfallen, einen Witz zu erzählen oder einen Scherz zu machen, der unter die Gürtellinie geht. Zu dem Mann sagst du einfach, daß man nichts erzwingen soll. Du gibst der Sache Zeit und wartest in aller Ruhe einunddreißig Nächte ab. Wie jemand, der die dichter werdenden Wolken nach langer Trockenheit betrachtet. Hab keine Angst, du wirst keine Wüste sein. Dein eigenes Begehren wird mit dem fehlenden des anderen wachsen, bis beide sich gegenseitig anstacheln und so hochschaukeln, daß es zum Unvermeidlichen kommt. Die Wolke läßt den Regen auf jeden Fall niedergehen, und zwar eher früher als später.

Die Frau soll wie eine Fischerin sein. Sie setzt sich hin, wartet und gewährt (unauffällig) einen Blick auf ihre Köder. Nach und nach legt sie die Köder aus, ohne den Liebhaber merken zu lassen, daß er davon umgeben ist. Am Ende wird er anbeißen.

Wenn er die Wollust kennengelernt und Sicherheit gewonnen hat, wird er keine Rückfälle erleiden. Aber gib ihm niemals irgendwelche Mixturen, sonst säst du Zweifel, denn wie ich dir schon sagte: die Krankheit ist im Grunde nur die Angst vor ihr.

W enn du bittere Früchte ißt, heißt das noch lange nicht, daß du sauertöpfisch wirst. Das scheue Glück wird dich nicht mehr verlassen, wenn du salzig bist. Milchreis macht dich nicht sanftmütiger. Und dennoch gibt es nichts, was die Qualen des Geistes so besänftigt wie Marmeladen.

Es gibt eine ganz besondere, eine Mischung aus zwei Geschmacksrichtungen, die im Mund einen unbeschreiblichen Trost verbreitet. Du kaufst ein Pfund gewöhnliche Erdbeeren, von denen, die ein paar Druckstellen und Löcher von den Schnäbeln unzähliger Vögel haben und die weder die eleganten Damen noch die steifen Herren nehmen würden, und dann kaufst du noch dieselbe Menge Früchte vom Capulíbaum, die noch in ihrer sonnengebräunten Hülle stecken. Du schneidest das Grüne von den Erdbeeren ab und holst die anderen Früchte aus den Schoten, bis du spürst, daß der Zeigefinger und der Daumen ganz ölig werden.

Wasche beide Fruchtsorten unter einem kräftigen Strahl kalten Wassers ab und weiche sie gut ein. Dann machst du ein Feuer, das so niedrig ist, daß die Mischung ohne einzutrocknen so lange darauf köcheln kann, wie die Sonne zur Zeit der Tagundnachtgleiche braucht, um auf- und unterzugehen.

In einem Topf ohne Wasser, ohne alles, läßt du die Fruchtmasse einkochen und sich weiter vermischen. Rühre hin und wieder um. Nach acht Stunden ist die Masse ziemlich fest. Erst dann fügst du siebenhundert Gramm sehr braunen Zucker, etwas

Zimt und gemahlenen Kardamom hinzu. Am Ende der Kochzeit füllst du die Mischung in hitzebeständige Glasgefäße.

Damit hast du eine Freudenkonserve, was sage ich?, eine Freudenreserve für unglückliche Zeiten. Langeweile, Einsamkeit, Traurigkeit – sollen die ungläubigen Propheten sagen, was sie wollen – sind erträglicher, wenn du hin und wieder einen Löffel voll von etwas sehr Süßem zu dir nimmst und auf der Zunge zergehen läßt.

D ie entscheidendsten Veränderungen in unserem Leben gehen meist fast unmerklich vonstatten; sie ereignen sich durch eine schleichende Anhäufung von Kleinigkeiten, die, alle für sich genommen, keinerlei Bedeutung zu haben scheinen, sich uns aber in ihrer Gesamtheit von einem Augenblick auf den anderen in ihrem ganzen Ausmaß, ihrem schrecklichen umstürzenden Gewicht, offenbaren. Die Veränderungen des Alters (der Übergang vom Mädchen zur Heranwachsenden, zur reifen Frau und zur alten Dame) nehmen wir, obwohl es ein fortlaufender, langsamer Prozeß ist, wahr, als wären es plötzliche, abrupte Veränderungen. Jeder Tag, der vergeht, hat, isoliert betrachtet, fast keine Bedeutung, aber all diese geduldigen Tage, die sich zu Jahren und Jahrzehnten anhäufen, formen unser Gesicht. Jeden Morgen vor dem Spiegel glauben wir, dieselbe Person zu sehen, bis du eines unverdächtigen Morgens oder eines unheilvollen Abends nicht mehr das glänzende Haar und die leuchtenden Augen der jungen Frau siehst, die du erwartet hattest, sondern die bläulichen Augenringe und das dünne Haar einer wesentlich bejahrteren Frau, und auch wenn dich ein anderes Gesicht anzublicken scheint, begreifst du, daß es immer noch du selbst bist, wenn auch viel älter.

Doch abgesehen von diesen schrecklichen Sprüngen, die du alle zehn Jahre oder mehr wahrnimmst, stellst du jeden Tag sehr wohl fest, daß dein Gesicht von heute nicht das von gestern und nicht das von morgen ist. Du brauchst keinen beleuchteten Vergrößerungsspiegel, um zu sehen, daß du dich veränderst und dich manchmal von einem auf den anderen Tag nicht wiedererkennst. Das Gesicht, so sagt ein kluger Mann, nimmt kein Blatt vor den Mund.

Es gibt Tage, an denen man als schöne Frau aufwacht, und es gibt Tage, an denen man am besten gar nicht aufgestanden wäre. So geht es allen, und das liegt nicht an den Augen. Der Teint ist launisch und verändert seine Züge nach Belieben. Auch wenn die anderen dich wiedererkennen: wir beide wissen, daß es Tage gibt, an denen du nicht dieselbe bist. Manchmal läuft die Zeit voraus (dann siehst du dich selbst älter), und manchmal läuft sie zurück. Nutze die Tage, an denen du schlecht aussiehst, zur inneren Einkehr, und genieße die, an denen du gut aussiehst.

Gegen den Kummer an den Tagen, an denen die Zeit anscheinend allzu wüst über dein Gesicht hinweggefegt ist, gibt es kein Rezept. Das Entsetzen vor dem Spiegel kann man nicht kurieren. Wasche dir trotzdem mit eiskaltem Wasser das Gesicht; wenn das nichts hilft, versuche es noch einmal mit ganz heißem Wasser, und wenn das Übel dann immer noch weiter besteht, mit Rosenwasser; sollte das Unbehagen nicht nachlassen, setz eine dunkle Sonnenbrille auf und verändere deine Frisur.

Aber das Beste ist, wenn du dein Gesicht zehn Minuten in die Sonne hältst, auf die Nacht wartest und zwölf Stunden schläfst. Schlaf, Sonne und Hoffnung wirken wahre Wunder für den kommenden Tag, zweifle nicht daran. In jedem Alter, sogar im weit fortgeschrittenen, ist es möglich, die Zeit in deinem Gesicht zurückzudrehen. Um das zu erreichen, mußt du die Mimik von früher auf dein Gesicht zaubern, und dafür solltest du zu den vergessenen Geschmackserlebnissen deiner Kindheit zurückkehren.

U ntreue ist ein übles Laster der Männer, was nicht am Verfall deines Körpers liegt, sondern an ihrer glühenden Phantasie, die erst Ruhe gibt, wenn sie herausgefunden hat, was sich hinter fremder Kleidung verbirgt. Wenn du erfährst, daß er mit einer Jüngeren schäkert, laß dich nicht von Zweifeln an deinem Körper plagen. Der Mann ist nicht auf der Suche nach größeren Leckerbissen, was ihn umtreibt, ist die Neugier auf exotische Gerichte.

Welchen Rat soll ich dir gegen diese quälenden Phantasien geben, unter denen auch ich leide? Versuche einfach, die Augen zu verschließen. Und solltest du doch etwas erfahren, tu vor deinem Mann so, als ob sein bester Freund dir den Hof macht. Nichts stachelt die Phantasie so sehr an wie der Stich eines leisen Verdachtes. So kriegst du ihn klein. Er wird begreifen, daß du ihn nicht um jeden Preis halten willst.

Zeige ihm die Genüsse, die in der Erfahrung liegen, zeige ihm, wie der Gaumen bekannte Speisen kundiger genießt; hole all die verborgenen Aromen hervor. Untreue führt gewöhnlich zu einem Schiffbruch der Phantasie; sie zerschellt an einer Realität, die weniger gibt, als sie verspricht. Und wenn die Phantasie triumphiert, wenn die Realität sich ihr anpaßt oder sie sogar noch übertrifft, dann mußt auch du deine Phantasie anstrengen, denn nur auf dem Rücken einer neuen Illusion erreichst du Vergessen, Vergebung, Gleichgültigkeit. Und was mußt du tun, um dir Illusionen zu machen? Du mußt den

Augen, die dich ansehen, wieder mit offenen Augen begegnen und aufhören, so zu tun, als sähest du nichts.

Du fühlst nichts, nichts, nichts; manchmal fühlst du einfach nichts. Absolut nichts. Du scheinst weit weg von deinem Körper zu sein, als würdest du dich aus der Ferne betrachten. Das fade, vorlaute Denken beherrscht und unterjocht dich, deine Phantasie kommt nicht dagegen an. Hab keine Angst, ergib dich nicht in dein Schicksal, nutze Vernunft und Tastsinn, zeige deinem Geliebten die geheimen Winkel deines Körpers und führe seine Hand wie die eines Kindes, das die Schnörkel der Schönschrift lernt. Entspanne dich, denke nicht und setze dich nicht unter Druck. Fordere ganz nach Gefühl. Im Zyklus gibt es bessere und schlechtere Phasen; bestimme sie für dich und nutze sie entsprechend. Es gibt Positionen, in denen alles besser geht: Berührungen, die anzudeuten du dich trauen solltest, Richtungen, die nützlicher sind als andere; es gibt Tempo, Kraft, Worte oder Schweigen, Ruhe oder Bewegung. Konzentriere dich auf deine Empfindungen, laß ihnen freien Lauf, denke daran, daß es für einen wahren Mann keine größere Lust gibt als zu sehen, daß auch du Lust verspürst.

In den Büchern steht geschrieben, daß alle Sinne angesprochen werden müssen, damit einem das Wasser im Mund zusammenläuft und alles von einer erfrischenden Flüssigkeit durchdrungen wird. Mach Pupillen, Papillen, Nasenlöcher empfänglich für die Lust, und vor allem die Fingerspitzen, deren Kuppen Oberflächen mit einer ganz außergewöhnlichen Textur berühren; verschließe deine Ohren

nicht, lausche auf die Melodien, die in den unver-
hofftesten Höhlungen verborgen sind.

Laß dich von den sanften Wellen der Empfindungen leiten, erkunde die Pfade deines Körpers, alles soll von der erfrischenden Flüssigkeit durchdrungen werden, und vor allem: denke nicht, denn es
gibt nichts, was den Körper so austrocknet wie das
Denken. Du weißt, von welchen Flüssigkeiten ich
spreche; ich meine die begehrtesten, die wie Eiklar
in deinem Körper verborgen sind und die die Wonne
deines Leibes und deines Gefährten sind. Hab keine
Angst, dahinzuschmelzen, zu zerfließen, dich aufzulösen. Laß dich gehen, denke nicht; ich will deinen
ganzen Körper stöhnen, ein Heulen aus geöffneten
Poren hören. Öffne dich, öffne dich, bis du gespal-
ten bist, tauche ein in das Meer der Empfindungen,
werde kühn, lege die Fesseln ab, erlaube dir, dich für
ein paar Momente einfach treiben zu lassen.

Die Frauen, so heißt es in dem unverzichtbaren *Handbuch der Hygiene* von Doktor de Fleury, gehören zu einem Geschlecht, dem das Erlahmen der Lust völlig unbekannt ist. Sie leiden nicht, wenn sie übermäßigen Liebesgelüsten frönen. Mehr noch: bei der Liebe gibt es für sie kein Zuviel, und das ist einer der größten Vorteile, den die Frauen uns schwachen Männern gegenüber haben, die wir schon nach ein paar Lustschreien erschöpft sind.

In früheren Jahrhunderten, die ebenso unselig waren wie das unsrige und alle anderen, glaubte man, daß bestimmte Krankheiten des Nervensystems und sogar einige Geschlechtskrankheiten auf sexuelle Exzesse zurückzuführen seien. Dasselbe versuchen sie uns heute bei dieser bösartigen Krankheit, dem todbringenden Virus, erneut einzureden. Sie kommen wieder mit der alten Leier, daß häufiger Geschlechtsverkehr Ausdruck eines perversen Geistes und krankhafter, die Liebe deformierender Phantasien sei, derer man sich als anständiger Mensch schämen sollte. Natürlich sollte man sich ein wenig vorsehen. Sofern du dir bei dem Partner, in dessen Armen du liegst, nicht sicher bist, zwinge ihn, sich einen Gummi überzustreifen. Aber laß dich nicht von der Angst vor Sex anstecken, die sie uns immer wieder einreden wollen – damals wie heute.

Oh, all jene, die von den Exzessen der Jugend reden, als wäre das der Grund für ihren Verfall. Wie töricht. Goethe trieb es bis an sein Lebensende, und es gibt wenige Männer, die so glücklich waren wie er. Die kluge George Sand hatte ebenso viele Lieben wie Liebhaber. Sie war nicht den Männern, sondern der Liebe treu und verhielt sich ihren Liebhabern gegenüber loyal, solange sie sie liebte. Tu es ihr gleich und denke immer an den folgenden Satz meines Lehrmeisters, Maurice de Fleury: »Die wahrhaft Verliebten sollten niemals die süßesten Momente des Lebens einer falschen Hygiene opfern.«

Du und ich, wir kennen uns. Versuch nicht zu leugnen, was die tugendhafte Alkmene (unbewußt) spürte: Es gibt unangenehme Gäste, bei denen du dir wünschst, daß sie wieder gehen, kaum daß sie durch die Tür gekommen sind; und es gibt andere, die entfachen ein heimliches Feuer in deiner Phantasie.

Es wird der Tag kommen, an dem dein friedliches, annehmliches Eheleben für kurze Zeit zwischen zwei Gedankenstrichen landet. Jemand wird kommen, dem du ein paar Tage lang mehr Aufmerksamkeit und Gedanken widmest als deinem Angetrauten. Du brauchst dich nicht schuldig zu fühlen, es ist eine vorübergehende Gefühlswallung, die das Schicksal dir als Freudenfest zugedacht hat. Sie soll schlafende Geister wiederbeleben. Es ist ein kurzer Karneval, eine imaginäre Auszeit vom langen zähen Zusammenleben.

Du brauchst keine subtilen Andeutungen, um den anziehenden Gast zu erkennen. Dein Antlitz wird plötzlich unfreiwillig erröten, wenn er dich ansieht, und in deiner Kehle wird ein leichtes Zittern deine Stimme erbeben lassen, wenn du ihm etwas anbietest.

Es gab weise Länder, und vielleicht gibt es sogar noch das eine oder andere, wo der gute Gastgeber dem Besucher seine Frau anbot. Wenn die Gastgeber noch weiser und nicht so eitel wären, dann würden sie nicht dem Besucher die Frau, sondern der Gastgeberin den Gast anbieten, das heißt, wenn er ihr gefällt. Sie trifft die Wahl, denn nicht alle Gäste sind so anziehend, um ihrer würdig zu sein. Vollendet ist die Gastfreundschaft, wenn sie sich entscheidet und der Liebreiz des Gastes sie ihre Vorbehalte vergessen läßt.

Wird das Essen bei dir zu Hause nicht besser, wenn er kommt? Parfümierst du nicht die Laken, als wolltest du nicht in Morpheus', sondern in seinen Armen versinken?

Für diesen Gast, dem du dich vielleicht aus Ehrfurcht vor den Sitten deines Volks nie hingeben würdest, kannst du eine Delikatesse zubereiten, die seinen Gaumen erfreut; oder etwas, das ihm dasselbe schmachtende Begehren schenkt, das du unter deinem Rock verspürst.

Ich habe das geeignete Rezept dafür. Es ist ein einfaches Gericht von anhaltender Wirkung, denn der Geschmack verteilt sich ganz langsam im Mund, so wie das Lächeln auf den Lippen des Gastes, der dir gefällt, sich erst später zeigen wird. Mein alltägliches Gericht ist keine List, um ihn zu verführen. Es ist nur ein Spiegel, ein Instrument, in dem sich dasselbe sanfte Gefühl von Verlassenheit spiegeln soll, das du fühlst.

Es wird auf der Grundlage von einfachstem Geflügel zubereitet und hat einen Namen, den du mir angesichts der Umstände verzeihen mußt: Hähnchen *à la cocotte*. Cocotte, cocotte – kokettierst du eigentlich gerne? Es ist ja nichts dabei. Manchmal muß man in den Augen Dritter nach Bestätigung suchen; es ist, als würdest du einen Spiegel um Rat fragen, in diesem Fall die Augen der Männer, ob man an deinem Körper, deinem Blick, deiner Seele immer noch Gefallen findet.

Lege das tranchierte Hähnchen am Vorabend des angekündigten Besuchs in eine Marinade. Halte Butter, Speck, Schinken, Lorbeer, Thymian, Salz, Pfeffer und Oregano bereit. Dann noch drei Handvoll frische Champignons und ein Glas jungen Weißwein.

Brate die Hähnchenstücke von beiden Seiten an, und sobald sie schön gebräunt sind, holst du sie heraus und brätst in demselben Fett die Schinken- und Speckwürfel mit den angegebenen Gewürzen und den Pilzen an. Dann fügst du zwei Tassen kaltes Wasser hinzu und schmorst alles (zugedeckt) auf kleiner Flamme, bis die Flüssigkeit um die Hälfte reduziert ist. Danach gibst du den Wein und die Hähnchenstücke in die Sauce, wartest fünf Minuten und bringst sie auf den Tisch.

Du willst deinem Gast etwas Aufwendigeres servieren? Ach was, du wirst schon so Probleme haben, ihn dir vom Leib zu halten. Du solltest es nicht übertreiben. Auch der unterhaltsamste Gast, der deine Leidenschaft entfacht, wird auf die Dauer ermüdend. Wirst du seiner jedoch nicht müde und passiert nach dem Genuß des Hähnchens etwas, das ich dir nicht zu sagen brauche, weil du es schon selbst merkst, flieh mit ihm und kehre nicht zurück.

W as den Alkohol angeht, ist guter Rat teuer. Bei Männern erspare ich mir jegliche Anmerkung; sie glauben immer zu wissen, was das Beste für sie ist, und wollen sich nichts sagen lassen. Entweder sind sie hemmungslose Trinker oder ebenso hemmungslose Abstinenzler, ich weiß nicht, was schlimmer ist.

Manchmal sucht die traurige Frau Trost im Alkohol. Ich kann sie gut verstehen: Manchmal überkommt einen nach dem Genuß von Spirituosen eine leichte Euphorie, die den Schmerz lindert. Aber wenn du klug bist, trinkst du mit Methode; du darfst es nicht so weit kommen lassen, daß der Alkohol das Ruder übernimmt. Laß dich nicht dazu verleiten, das Kommando einem so unvernünftigen Ratgeber zu überlassen.

Paracelsus, der Weise und Alchimist, hat gesagt, der Alkohol sei die Essenz oder der Geist des Weines. Ihm fiel auf, daß die Seele des Getränks Christi verschiedene Farben haben konnte, wies angeblich auch die Seelen der Menschen vor dem Purgatorium. Lerne also vor allem auf die Farben zu achten und sie zu unterscheiden. Es gibt helle Schnäpse, die sind so rein und durchsichtig wie kristallklares Wasser. In dieser undurchschaubaren Beschaffenheit zeigt sich ihr wahres Wesen: Es ist eine heimtückische Flüssigkeit, die aussieht wie Wasser, aber keines ist. Vermeide klare Schnäpse. Von ihnen darfst du nur in zwei Fällen ein Gläschen trinken: wenn sie wirklich eiskalt oder so dickflüssig sind, daß man sie leicht von dem ersten Element unterscheiden kann.

Auch von Whisky rate ich dir eher ab. Seine gelben Mischungen tun der betrübten Brust nicht gut. Doch wenn es sich um einen Single Malt aus schottischen oder irischen Wassern handelt, kannst du dir ein paar Deziliter genehmigen. Aber nicht bei jeder Gelegenheit; trinke ihn nur, wenn du gezwungen bist, schamlos zu lügen; der Whisky verleiht dir ein undurchdringliches Gesicht, und das erleichtert das Lügen. Du wirst keine Miene verziehen, du übertriffst den übelsten Falschspieler, und alle werden dir glauben.

Die unübertroffene Frucht für den wohltuenden Alkohol ist die, die im Gottesdienst »Frucht des Weinstocks und der Arbeit« genannt wird, das liturgische Getränk. Lerne zu unterscheiden, was der Weinstock hervorbringt.

Wie du weißt, ist Weißwein nicht wirklich weiß. Du wirst grünliche Töne finden, kräftige und zarte Gelbtöne, hin und wieder mit einem kaum wahrnehmbaren Stich ins Orange. Koste sie, versuche sie zu erkunden und durch sie etwas über dich zu erfahren. Horche am nächsten Tag in dich hinein, folge in deinem Kopf den Spuren, die sie bei ihrem Weg durch deinen Körper hinterlassen haben. Du wirst die Farbe finden, die dir am besten bekommt. Jeder Fall ist anders, es gibt kein Rezept, das für alle Patienten Gültigkeit hat.

Auch der Rotwein hat verschiedene Färbungen. Es gibt tiefrote, blutrote und andere mit dem schreienden Violetton abgerissener Veilchen. Es gibt auch hellere, die wie aufgelöste Brombeeren aussehen, und verschiedene Rosétöne. Man kann nichts falsch machen, es sei denn, das Tannin löst bei dir eine Irritation oder ein Völlegefühl im Magen aus. Wenn jemals ein Liebestrank erfunden werden sollte, dann kann es nur mit Rotwein sein.

Champagner, Brandy, Cognac, Weinbrand ... Für alles gibt es einen geeigneten Augenblick.

Der Rum von unseren Antillen ist ein wohlschmeckendes und anregendes Getränk. Es gibt weißen, der ziemlich aromatisch ist, den du aber bekanntlich nicht unverdünnt trinken solltest, sondern vermischt mit einem süßen Saft oder meinetwegen auch mit einem dieser künstlichen Getränke, die heutzutage reißenden Absatz finden. Den alten bernsteinfarbenen kann man hervorragend allein genießen, sogar als Brandy. Glaub nicht, nur weil er aus unseren Gefilden kommt und nicht viel kostet, hätte er keine Klasse. Die Briten auf ihren nebligen Inseln haben ihn nur nicht hergestellt, weil dort kein Zukkerrohr wächst, ansonsten ... Aber sie haben seinen Namen und seine Eigenschaften erfunden, damit sie ihn ihren Piraten zum Trost verabreichen konnten. Den Whisky haben sie erfunden, weil ihnen nichts Besseres eingefallen ist, aber um mit ihren Schiffen die Welt zu erobern, haben sie den Rum aus ihren Kolonien verwendet. Mit Eis und ein paar Tropfen Zitronensaft entfaltet der Rum seine Wirkung am besten, aber wie bei allen hochprozentigen Sachen darfst du nicht zuviel davon trinken, höchstens drei Gläser auf einmal.

Sehr gesund ist auch das Bier, das seine Gase über den Mund abgibt. Du mußt darauf achten, daß es schäumt, aber nicht über den Rand deines Glases hinaus. Es gibt helles, dunkles, rotes und schwarzes Bier; wie die Rassen der Menschen, nur entgegengesetzt zu den Klimazonen. Helles Bier paßt besser in die Tropen und schwarzes in die nördlichen Gefilde. Außerdem hält Bier die Blase in Gang, paß also auf, daß du nicht zuviel davon trinkst.

Es gibt viele raffinierte Gemische, deren Aromen einem leicht zu Kopfe steigen. Ich kann dir wenig dazu sagen: Sieh dir Farbe und Beschaffenheit an, prüfe, ob das Getränk süß oder trocken ist. Aber schütte den Alkohol nie durstig wie ein nach Wasser lechzendes Kamel am Ende der Sahara in dich hinein; koste, warte, wäge ab, finde deinen Weg und dein Maß. Beherrsche ihn und dich, behalte die Oberhand über deinen Körper. Wenn die Euphorie so groß ist, daß du nicht mehr weißt, was du tust, wenn du nicht aufhören kannst, wenn eine innere Stimme dir dazu rät, so laß es wenigstens nicht zu einer Gewohnheit werden, tu es nicht öfter als einmal im Jahr.

E ine schwangere Frau hat viele Gelüste, und es ist eine ausgezeichnete Sache, wenn du alles tust, was in deiner Macht steht, um sie zu befriedigen. Die Schwangere wird auch von bestimmten hartnäckigen Ekelgefühlen heimgesucht, die, wenn sie nicht spätestens im dritten Monat nach der Geburt verschwinden, ein Leben lang anhalten.

Wenn eine solche Anwandlung einmal nicht befriedigt werden kann – manchmal kommen die Gelüste eben ohne Rücksicht auf Jahreszeit, Ernte oder Stunde –, kann man einen universellen Ersatz zubereiten, der zwar das Heißbegehrte nicht ersetzen kann, aber das Verlangen lindert, es auf der Stelle essen zu wollen. Wie es funktioniert?

Man darf der Schwangeren nicht sagen, was sie ißt. Sie will nicht kochen; sie kann kein rohes Fleisch sehen (selbst das gekochte erinnert sie daran) und auch keine kräftigen Farben, sie kann weder scharfe Gerüche noch verführerische Aromen riechen. Also mach stillschweigend folgendes: Bring einen Liter Wasser zum Kochen. Laß es abkühlen und gefriere es dann zu Eis. Gib der Schwangeren das Eis, das ist das Einzige, was ihr keinerlei Ekel verursacht und sie für eine Weile ihr Verlangen vergessen läßt.

Wenn nach dem Eis das Verlangen immer noch da ist und es nicht befriedigt werden kann, empfehlen manche Schamanen (obwohl ich nicht viel von solchen Vorschlägen halte), die Frau möge ganz langsam nackt durch das Haus laufen und ein Lied aus Kindertagen singen; sie soll dabei den rechten

Arm über die Brust und den linken über den Bauch legen.

Ich habe dieses Rezept oft von Schwangeren ausprobieren lassen, ohne daß dadurch ihr Verlangen gestillt worden wäre. Ich schreibe es an dieser Stelle lediglich nieder, weil es sich durchaus empfiehlt, von Zeit zu Zeit nackt durchs Haus zu wandern, auch ohne Brust und Bauch zu bedecken. Wie es sich auch empfiehlt, ob schwanger oder nicht, sich in dem Teil des Hauses, der dem Nabel entspricht, auszuziehen, sich dort hinzusetzen und einfach nur zehn Minuten auf dem Boden zu sitzen, ohne auf etwas Bestimmtes zu warten.

Ä ndere nicht deine Gewohnheiten, nur weil du
deine Tage hast. Es ist eine veraltete Vorstellung, daß Aberglaube Unglück bringt. Kümmere
dich nicht um die falschen Ratschläge von böswilligen alten Weibern, die dir Sitzbäder, Geschlechtsverkehr, Sport und den Genuß von Baisers verbieten
wollen ... Wenn du dich davon überzeugen willst,
schlage Eiweiß auf; du wirst sehen, daß es genauso
schaumig wird wie an den Tagen ohne Blut. Dein
Leben soll sich nicht ändern: springe, verbiege dich,
nähe, koche. Gegen den krampfartigen Schmerz gibt
es nichts Besseres als Geschlechtsverkehr, denn er
entspannt. Aber zwinge den Mann nicht dazu und
mach es nur, wenn weder du noch dein Partner
es abstoßend finden (viele, das mußt du wissen,
finden gar nichts abstoßend). Die Menstruation ist
kein Grund sich zu schämen, sie ist weder gut noch
schlecht, weder unrein noch reinigend: Es ist einfach nur Blut.

Wenn dir morgens die Farbe deines Gesichts nicht gefällt, bleib nicht einfach tatenlos sitzen, tu etwas, handele. Ist es zu sehr gerötet, gönne dir einen ausgiebigen Aderlaß. Ist es blaß, iß grüne Nahrungsmittel. Ist es gelb, nimm weiße Speisen zu dir. Nimm nur dann rotes Essen zu dir, wenn deine Gesichtsfarbe völlig normal ist. Niemand kennt dein Antlitz so gut wie du, befrage keine Chirurgen, Friseure oder Ärzte. Sie sorgen nur dafür, daß du vorzeitig stirbst.

Ich bitte dich, sieh es doch ein: Es gibt keine Aphrodisiaka. Such das Begehren nicht über Völlerei oder Magie. Ein paar Ignoranten haben den Schwindel mit den Passionsblumen in die Welt gesetzt. Das ist eine Lüge, deren Ursprung bekannt ist und die zum Lachen reizt. Passionsblumen haben die Botaniker einige Kriechpflanzen genannt, die an anderen Pflanzen hochklettern. Ihre Blüten, so nahm man an, würden die Spuren der Leidensgeschichte Christi zeigen: die Lanze, der Kelch, die Krone, die Nägel ... Doch ich glaube, daß diese Passion wenig oder gar nichts mit der zu tun hat, die die Konsumenten von Aphrodisiaka suchen, denn sie suchen ja nicht das Martyrium, sondern die völlige Enthemmung. Glaube mir, die Leidenschaft kommt von selbst oder sie kommt gar nicht. Wenn sie nicht spontan kommt, versuche sie nicht durch Arzneitränke herbeizuzwingen. Entweder sie stellt sich so ein oder die Sache ist es nicht wert.

Was aber keineswegs heißen soll, daß der Thalamus und die Lust im Ehebett nicht durch das Essen angeregt werden könnten. Die Sinne zu erregen ist nützlich, damit sie alle, sind sie erst einmal erregt, am Ritus der Umarmung teilhaben. Es ist bekannt, daß nach dem sexuellen Begehren ein anderes Verlangen uns beherrscht, nämlich das, unseren Hunger zu stillen. Um den sexuellen Appetit anzuheizen, gibt es nichts Besseres als vorher die Lust auf Essen zu befriedigen. Iß mit Appetit und beobachte, ob dein Freund ebenso mit Appetit ißt, und denke an die Worte einer weisen florentinischen Matrone: »Svogliati a tavola, svogliati a letto.«*

Rege alle Sinne an: das Auge durch strategisch verhüllte und unbedeckte Körperteile und eine harmonische Farbkombination auf dem Teller. Den Tastsinn, indem du mit deiner Haut seine berührst und ihn das Brot mit den Fingern brechen läßt. Den Geruchssinn, indem du deinen natürlichen Geruch nicht ganz überdeckst und die Nase deines Gegenüber mit wohligen Essensgerüchen einstimmst. Und sein Gehör mit rhythmischer Musik und ausgewählten Worten. Und für den Geschmackssinn empfehle ich dir folgendes Rezept:

Du schälst drei große Langusten und kochst die Schalen in einer guten Brühe mit Zwiebeln und Sellerie und einem Stück Fisch. Dann brätst du Zwiebeln und Knoblauch in Öl und Butter an und gießt die inzwischen reduzierte Brühe dazu; das Ganze bindest du durch einen Löffel Weizenmehl; gib zur Verbesserung des Geschmacks einen Schuß Brandy hinein. Dann gibst du die ganzen Langusten hinzu und garst sie, bis sie eine kräftig orange Farbe angenommen haben. In einem anderen Topf kochst du in gesalzenem Wasser zweihundert Gramm kurze Nudeln auf. Wenn du die Nudeln mit der Sauce vermischst, gib noch etwas Pfeffer und Sahne hinzu. Dieses Gericht wird seine Sinne bis zum Siedepunkt erhitzen. Und wenn du eine Flasche guten, sehr trockenen Champagner dazu reichst, kann eigentlich nichts mehr schiefgehen.

E s gibt Tage, an denen der Ehrgeizling, mit dem du zusammenlebst, dir aus heiterem Himmel damit kommt, daß er seine Chefs, seine wichtigsten Freunde, alle seine Arbeitskollegen zum Essen einladen will – und du sollst kochen. Er kauft verschiedene Weine, stark riechende Käse, sündhaft teure Dosen mit Delikatessen und Früchte, die noch nie auf deinem Einkaufszettel für den Wochenmarkt standen. Außerdem ist er angespannt, immer wieder bittet er dich und sieht dir dabei fest in die Augen, daß das Essen an diesem Abend perfekt sein soll. Die Leinentischdecke gut gebügelt, die Servietten tadellos gefaltet, Kristallgläser für Wasser und Wein (und keines davon beschädigt) für alle, das Silberbesteck der Großmutter so blank geputzt, daß man sich darin spiegeln kann ... Klar, du ahnst schon, daß bei den ganzen Vorbereitungen, Ratschlägen, Warnungen und Drohungen unweigerlich irgend etwas schiefgehen muß.

Und so kommt es bestimmt, da kannst du sicher sein. Vielleicht gelingen dir die Koteletts so gut wie noch nie, das knusprig braune Fleisch hat genau die richtige Konsistenz, und die Sauce ist erstklassig, nicht zu dick und nicht zu dünn, aber während du es an den Tisch bringst, fällt dir genau vor den Gästen die Schüssel aus der Hand, die Sauce ergießt sich über die frisch polierten Schuhe, und die Porzellansplitter bohren sich wie Messer in das gebratene Fleisch.

Oder er gibt, weil er dir helfen will, die im Rezept angegebene Menge Salz in die vor sich hin köchelnde Sauce; nur leider hattest du das bereits getan. Natürlich bist du schuld. Oder deine Tochter schneidet den Schinken klein wie immer, ohne zu wissen, daß du ihn diesmal anders brauchst, um ihn um die Melonenstücke wickeln zu können. Oder deine Schwiegermutter macht, weil auch sie dir helfen will, einen so süßen Nachtisch, daß selbst die Bienen, kosteten sie davon, ihn als Qual empfinden würden.

Irgend etwas geht unweigerlich schief, und dieser verabscheuungswürdige Ehemann, das arme Opfer seiner Ängste und Wahnvorstellungen, sieht dich mit vor Wut geröteten Augen an und gibt dir das Gefühl nutzlos, unfähig, verachtenswert zu sein. Da gibt es nur eine Lösung: Wenn dieser Ehrgeizling, der mit dir zusammenlebt, dir aus heiterem Himmel mit einem solchen Vorschlag kommt, sag, ja, selbstverständlich, aber er soll selbst kochen oder einen Meisterkoch engagieren. Wenn du nachgibst und dich opferst, bist am Ende du die Geopferte.

E s ist eine gesunde Gewohnheit, deinem Bild im Spiegel die Zunge herauszustrecken. Denn es ist gut, wenn man täglich ein wenig über sich selbst lacht, und außerdem kannst du dabei einen Blick auf ihr Aussehen und ihre Beschaffenheit werfen. Als inneres Organ, das nach außen reicht, birgt sie wichtige Geheimnisse. Wie du die Zeichen deiner Zunge entschlüsseln sollst? Ach, das mit dem Alphabet ist eine undurchsichtige Sache, weil jede Zunge ihr eigenes hat. Wenn du etwas über dich erfahren willst, mußt du erst einmal deine Zunge kennenlernen: Sieh sie dir genau an, erforsche ihre Erhebungen und Vertiefungen, überlege, was du an diesem Tag alles mit ihr anstellen wirst. Sei nicht geschwätzig. Bevor du dich zu einem Gerücht, einer Lüge hinreißen läßt oder etwas ausplauderst, beiße dir dreimal auf die Zunge, danach kannst du ihr, wenn du willst, freien Lauf lassen.

D iese Neigung, andere zu täuschen, zu lügen und andererseits völlig offenherzig zu sein. Dich zu verstecken oder manches preiszugeben. Dieses Bemühen, ständig auf der Hut zu sein, um dann einem völlig Fremden haarklein deine Geschichte zu erzählen. Diese Lust, zu fliehen, auf der Stelle davonzulaufen, wenn jemand dir zeigt, daß er anfängt, dich kennenzulernen, obwohl du dich ihm nicht offenbarst. Und andererseits dieser Rausch zu bleiben. Dieses unbändige Verlangen, mit jemandem zusammensein und gleichzeitig für sich sein zu wollen. Zärtlichkeiten in Worte zu hüllen. Diese Lust, sich zu verändern, ohne auf etwas zu verzichten. Dieser Hunger nach dem Unmöglichen. Was soll man von diesem widersprüchlichen Durcheinander halten? Es ist Wahrheit und Lüge, es ist gut und zugleich schlecht, und es gibt keinen Ausweg.

Da ist nichts zu machen. Trink ein Glas Wasser.

E r benutzt die Bescheidenheit wie einen Schutz-
panzer. Er tut so, als ob er nicht wüßte, dabei
weiß er es besser als alle anderen. Zwischen begrün-
deter Eitelkeit und falscher Bescheidenheit wählt er
letztere. Ich spreche vom Zucker.

Das Salz ist das genaue Gegenteil: Es gibt vor, zu
wissen, auch wenn es keine Ahnung hat. Seine Art
sich zu schützen ist die Arroganz. Es ist grundlos eitel und unfähig, bescheiden zu sein.

Lerne das Salz und den Zucker gründlich kennen,
dann weißt du, wie du sie zu benutzen hast. Das
eine ist sehr konkret, das andere zu abstrakt. Wenn
du von dem einen zuviel nimmst, fehlt es dir am anderen, und beide lassen sie dich in ständiger Wehmut leben. Es gibt keine bessere Methode als die
althergebrachte: Erst Salz und zum Schluß Zucker.

Salziges macht, daß wir uns satt fühlen. Das Süße
hingegen soll nicht unseren Magen füllen, sondern
die Phantasie anregen. Das hat der weise Savinius
treffend gesagt:

»In der Ordnung der Speisen nimmt das Süße
die Stelle des Lasters oder besser einer Sünde ein,
die man durchaus als im wahrsten Sinne des Wortes
süß bezeichnen könnte. Nicht ohne Grund wird das
Süße am Ende des Mahles gereicht. Das Süße nehmen wir erst zu uns, wenn wir unseren Hunger, das
Bedürfnis, gestillt haben. Das Süße läßt uns vergessen, was an der Nahrungsaufnahme lebensnotwenig
und damit düster und an den Tod gemahnend ist;
es versöhnt uns mit dem göttlichen Teil des Lebens

und weckt wieder das Lachen in uns. Es ist eine besonders schwere Strafe, einem Kind den Nachtisch zu verweigern, denn damit nimmt man ihm Freude und Trost.«

D er hochgelehrte Artemidorus, mein Lehrmeister in Traumangelegenheiten, sagt, daß es kein größeres Glück gibt, als davon zu träumen, Menschen zu verspeisen, solange es sich dabei nicht um Verwandte oder Bekannte handelt. Im Traum Menschenfleisch zu essen ist ein ausgezeichnetes Omen, denn das heißt, wie der Weise sagt, daß man sich die Eigenschaften der anderen einverleibt und sich fortan ihrer Tugenden bedienen kann.

Traum und Essen sind eng miteinander verbunden. Entweder man träumt vom Essen oder wir werden durch das Essen zum genüßlichen Träumen angeregt oder von Alpträumen gequält.

Wenn du von dem träumen möchtest, den du liebst, wenn er weit weg ist (oder auch wenn er da ist, denn es ist immer ein Vergnügen, von ihm zu träumen), gibt es genügend Trünke, die selbiges versprechen. Aber sie machen dir damit nur etwas vor, und von hundert Malen, in denen du sie nimmst, wirst du vielleicht, wenn du Glück hast, ein oder zweimal von dem träumen, den du liebst.

Aber es gibt eine Art, Zwiebelsuppe zuzubereiten, die stets gute Gedanken und angenehme Träume hervorruft. Wenn du sie ausprobierst, dann nur unter einer Bedingung: du mußt sie zu dir nehmen, wenn es regnet und das Thermometer auf unter zehn Grad sinkt.

Zunächst bereitest du eine gewöhnliche Béchamelsauce zu. Dann schneidest du große Gemüsezwiebeln (man rechnet zwei pro Person) in dünne

Scheiben und brätst sie in Butter an. Wenn sie weich sind und anfangen, leicht gelblich zu werden, gibst du ein Glas trockenen Weißwein dazu, und wenn der Alkohol verdunstet ist, noch drei Tassen kräftige Brühe. Laß das Ganze sechs Minuten kochen und füge dann die Béchamelsauce hinzu. Reibe etwas Käse – von dem gelben mit den Löchern – in die tiefen Suppenteller und verteile ein wenig guten Brandy darauf. Iß sie ganz heiß und konzentriere dich in der Nacht auf deine Träume.

Lege Papier und Bleistift auf deinem Nachttisch bereit, denn was du träumst, verdient es, aufgeschrieben zu werden, bevor du es wieder vergißt. Konsultiere keine Traumdeuter, sie bringen dich nur durcheinander; nur du allein verstehst, wenn überhaupt, was in dir ist.

Übertreibe es nicht mit den Tischsitten. Iß natürlich, mit den Fingern, mit Stäbchen oder den uns bekannten Messern, Gabeln und Löffeln. Führe die Tasse geräuschlos und ohne Zögern zum Mund. Ob es noch etwas zu beachten gibt? Alfonso der Weise hat den Königskindern auch nur wenige Regeln mit auf den Weg gegeben. Und ich sehe nicht ein, warum du, die du (wie ich vermute) nicht die Tochter von Königen bist, mehr Rücksichten nehmen sollst als die Kinder von Alfonso, die mit folgenden Regeln auskamen:

»Es gab Weise, die darüber schrieben, wie den Königskindern beizubringen sei, richtig zu essen und zu trinken; sie sagten, man dürfe ihnen erst dann den nächsten Bissen in den Mund stecken, wenn der erste aufgegessen sei, denn sonst könnte ihnen das so großen Schaden zufügen, daß sie ersticken. Man dürfe ihnen nicht erlauben, den Bissen mit allen fünf Fingern der Hand zu nehmen, sonst würden sie zu groß; ferner sollen sie sich nicht unansehnlich den ganzen Mund vollstopfen, sondern nur einen Teil; sonst wären sie Vielfraße, und so verhalten sich Tiere, nicht Menschen; wer sich nicht zurückhielte, sollte darauf achten, daß ihm nicht beim Sprechen wieder herauskäme, was er ißt. Ferner sagten sie, man soll sie daran gewöhnen, langsam zu essen und nicht schnell, weil sie, wenn man es anders hielte, nicht gut kauten, was sie äßen, folglich würde es nicht zerkleinert und schaden, denn das führe zu schlechten Körpersäften, die Krankheiten hervorrufen. Man solle sie anhalten, sich vor dem Essen die Hände zu waschen, damit sie sauber würden, von den Dingen, die sie vorher angefaßt hätten, denn je sauberer die Speise gegessen wird, desto besser schmeckt sie und desto wohler bekommt sie; und nach dem Essen sollten sie sich ebenfalls die Hände waschen, damit sie sauber sind. Sie sollen sie an Handtüchern abtrocknen und an nichts anderem, sie sollen sauber und rein sein, und sie nicht an Kleidern abtrocknen, wie das einige Leute tun, die von Sauberkeit und Reinlichkeit keine Ahnung haben. Außerdem heißt es, sie sollten nicht viel reden, während sie essen, und nicht singen, denn das sei nicht der rechte Ort dafür. Ferner sagen sie, man solle sie sich nicht zu tief in den Suppentopf beugen lassen, denn das verstieße gegen den Anstand, weil es so aussähe, als ob derjenige alles für sich haben wollte und die anderen nichts bekommen sollten.«

Mehr Anstandsregeln als die genannten, immerhin königlichen, halte ich für übertriebenes Getue.

Vergiß nie, daß der Mensch auf seinem Jahrtausende langen Weg über die Erde immer arm gewesen ist. Die Überfülle, der man in unserem Jahrhundert so häufig begegnet, haben sich in vergangenen Zeiten nicht einmal Könige träumen lassen. Es war für niemanden leicht, genügend Nahrung finden. Die Jagdbeute war gezählt, es gab wenig Früchte, der Fischfang war schwierig, die Ernten waren spärlich. Die Mehrzahl unserer Mischungen und einfallsreichen kulinarischen Zubereitungen wurden mit einer vom Mangel beflügelten und nicht aus dem Überfluß schöpfenden Erfindungsgabe erdacht.

Viele der delikaten alten Rezepte werden heutzutage durch Verschwendung und Übertreibung bei den Zutaten verdorben. Manchmal verhalten wir uns wie kulinarische Neureiche und lassen uns dazu verleiten, die doppelte Menge von dem zu nehmen, was die alten Meisterköchinnen berechnet haben, als sie sich die Rezepte ausdachten. Vor allem bei Saucen neigen wir dazu zu glauben, daß ein wenig mehr das Gericht verbessert, aber in Wirklichkeit ist es dadurch ruiniert. Wir zerstören das Gleichgewicht. Die doppelte Menge an Ragout oder Käse macht die Pasta nicht besser, und mehr Gewürze als die angegebenen überreizen die Papillen und den Magen.

Also vergiß bitte nie, daß der Mensch in den Jahrtausenden seiner Nahrungssuche arm war, und auch nicht, daß sein Glück meistens aus sehr wenig elementaren Zutaten bestand, von denen jede einzelne maßvoll und knapp bemessen verwendet wurde.

Ich werde dir ein ganz einfaches Beispiel geben, damit du es ausprobieren kannst. Röste die vom Vorabend übrig gebliebene Brotscheibe bei kleiner Hitze. Verteile darauf einen Teelöffel braunen Zukker. Presse die Hälfe einer reifen Orange darüber aus und träufele auf die Seiten und in die Mitte einen feinen Strahl Sonnenblumen- oder Olivenöl. Du wirst einen Geschmack erleben, der so alt ist wie die Inseln im Mittelmeer, du wirst feststellen, daß der Mensch mit ganz wenig reich und glücklich sein kann. Du wirst erfahren, daß Mangel und Genuß nicht unvereinbar sind.

M ancher Kummer läßt einen in tiefer Betrüb-
nis versinken, ohne daß man etwas dagegen
tun könnte. Und die Qual ist so groß, daß du dich
selbst wunderst, wie du all das aushalten kannst. Nur
mit ihm an deiner Seite könntest du all das Unglück
ertragen, aber es ist ja gerade er, der gegangen ist.

Ist der, den du geliebt hast, gestorben, und du
mußt damit fertig werden? Ist der, der dich zum
Träumen und zum Lachen gebracht hat, gestorben,
und du mußt trotzdem durchhalten? Vorher, als er
noch hier war, da war das Leben anders, du selbst
warst anders. Jetzt spürst du, daß du verloren hast,
was, ohne daß es dir bewußt war, dein Herz vor
Freude hüpfen ließ.

Ich kann dich nicht trösten. Ich habe kein Rezept,
was sich deiner Traurigkeit erbarmen und sie lin-
dern würde. Im Gegenteil, ich kann dir nur raten,
genieße dein Leiden, leide, soviel du kannst, bis du
spürst, daß soviel Traurigkeit nicht mehr in einen
Körper paßt. Spar nicht mit Tränen, bade so intensiv
im Schmerz wie vorher in der Lust.

Denn es gibt eine unabwendbare Regel, die dich,
wenn du sie jetzt hörst, noch trauriger stimmen
wird: Mit der Zeit wirst du nicht mehr so leiden; du
wirst leiden wollen wie vorher, und es wird dir nicht
mehr gelingen. Es ist unmöglich, über lange Zeit
hinweg immer nur zu leiden. Ja, sogar ihn wirst du
vergessen. Ganz gleich, was die Betroffenen sagen,
und was auch geschieht: Wenn du nach sechsund-
dreißig Monaten immer noch so leidest wie jetzt,

dann leidest du nicht wegen ihm, sondern weil du dich schuldig fühlen würdest, wenn du nicht mehr leidest. Selbst wenn deine Liebe grenzenlos war, der Schmerz ist geizig, er währt nicht so lange.

L aut dem Evangelium traute sich niemand, den ersten Stein gegen die ehebrecherische Frau zu werfen. Wer trägt nicht verborgen in seinem Herzen das Echo eines bösen Gedankens? Ehebruch ist das Salz des Ehelebens, das hat, wenn ich mich nicht irre, ein Lebemann gesagt. Das heißt, eine bestimmte Dosis an Seitensprüngen ist notwendig, damit man sich nicht allzu sehr langweilt, damit das eheliche Joch, das Frauen und Männer aneinander kettet, nicht fad wird.

Diese bestimmte Dosis ist natürlich nicht für alle Frauen gleich. Nicht alle Ehebrüche spielen sich unter der Gürtellinie ab. Unsere Priester wissen bestens darüber Bescheid: Wir begehen auch Ehebruch in unserem Herzen. Bestimmt, in unserem Herzen, in unserer Phantasie, in unseren Träumen. Und manch kühne Frau auch in Wirklichkeit.

Daß wir unserem Partner bis in die verborgensten Gedanken hinein treu sind, ist nicht nur unwahrscheinlich, sondern auch wenig ratsam. Für unser geistiges Wohl benötigen wir einen Spalt Untreue, ein Ventil für den übermäßigen Druck des Zusammenlebens. Flüchte dich nicht in Phantasiegebilde, aber würge deine Phantasie auch nicht einfach ab.

Ich kann mich nur wiederholen: Eines der Geheimnisse, wie man sich seine Ausgeglichenheit bewahrt, ist eine bestimmte Dosis an Ehebruch. Die angemessene Menge hängt, wie bei jeder Droge, von der jeweiligen Person ab. Es gibt die, denen flüchtige Blicke im Bus genügen, die heimliche Freude an den

Komplimenten auf der Straße, eine Berührung von Füßen und Waden unter dem Tisch ... Aber es gibt sinnenfrohe Frauen, die brauchen mehr.

Denen, die mehr brauchen – ich will sie in keiner Weise anprangern –, gebe ich, man mag es kaum glauben, ein Rezept aus der Bibel:

»Drum bin ich ausgezogen, dir entgegen, um dein Gesicht zu suchen, und ich habe dich gefunden. Mit Decken habe ich mein Bett bedeckt, mit buntem ägyptischen Leinen. Ich habe mein Lager benetzt mit Myrrhe, Aloe und Zimt. Komm, wir wollen an Liebe uns berauschen bis zum Morgen, wollen schwelgen in Liebkosungen. Denn der Mann ist nicht zu Hause, er ist weggegangen, fort, auf weite Reise. Den Beutel mit dem Geld nahm er in seine Hand, am Tag des Vollmonds erst kommt er nach Haus.«[*]

E inen Singsang möchte ich in deinem Kopf erzeugen, unauffällig hämmernde Worte, die fröhlich klingen sollen. Aber das gelingt mir nicht immer. Manchmal steckst du mich mit deiner Traurigkeit an, und ich merke, daß ich keinen Witz machen kann. Wenn ich keinen Scherz in der Fülle des täglichen Elends finde, versinke ich im Morast der Langeweile. Und solange ich nicht Gefallen an der Langeweile gefunden habe, komme ich dort nicht heraus und schaffe es nicht, zu einem neuen (kulinarischen) Abenteuer aufzubrechen. Wenn ich, wenn wir beide doch etwas zu uns nehmen könnten, das uns aus diesem Tief holt. Keine Chance. Es gibt nichts. Tabletten lassen einen abstumpfen, verblöden, teilnahmslos werden. Wenn doch jemand dieses Gericht der Glückseligkeit finden würde. Wir sind unter beschwerlichen Umständen aufgewachsen, wir leben in einem traurigen, gewalttätigen Land. An einem schrecklichen Ort, wo die Selbstherrlichkeit regiert, wo die Menschen sich nicht lieben. Wo sie sich töten wollen. Wir brauchen unbedingt ein Gericht, das uns froh stimmt.

Es ist wichtig, vielleicht sogar am allerwichtigsten, daß man sich nicht selbst umbringt. Man sollte immer zu einem Lachanfall aufgelegt sein. Jemand, der lachen muß, bringt sich nicht um oder zumindest wartet er damit, bis der Anfall vorüber ist.

Ich kenne ein Lachen auslösendes Gericht mit ungeklärter Erfolgsquote – da die entscheidende Zutat so schwer zu bekommen ist, habe ich es nur viermal ausprobieren können –, aber meistens (in drei von vier Fällen) hatte es die aufheiternde Wirkung, die ich suchte. Es handelt sich um das begehrte Filet vom Mammut. Du weißt, dieses Tier ist seit Jahrtausenden ausgestorben, aber im Eis Sibiriens, im mächtigen natürlichen Eisschrank der Gletscher findet man – zumindest hin und wieder – durch eine plötzliche, unerwartete Erosion den unversehrten Körper eines Mammut im ewigen Eis. Dann sollte man schon einmal den Grill anzünden.

Das Fleisch dieses Säugetiers, mußt du wissen, hat einen sehr kräftigen Geschmack, leicht nach Moschus, ein wenig ausgedörrt durch die langsame Glut des Eises. Der Geschmack erinnert an die Jagd, er hat etwas von einem zornigen Wildschwein, von der Leber eines Tigers, den man in tollwütiger Rage erlegt hat, eine Mischung aus Adrenalin und Galle. Lorbeer, viel Salz, Knoblauch, mexikanische Chilis, Pfeffer, Dill, Paprika und viele andere Gewürze sollten in dieses Fleisch, das dunkel wie eine tiefe Höhle ist, einziehen. Das ist gut für das Tier und den Gaumen. Nachdem man es gegrillt hat, genießt man es mit mindestens vier Grad kaltem Wodka, man muß ordentlich kauen, es in der Mundhöhle mit dem eiskalten Schnaps vermischen und mit den Backenzähnen zu einem kalten kräftigen Brei zermahlen. Schluck es ohne Angst hinunter und trink noch einen Schluck Wodka, damit es besser durch die empfindliche Speiseröhre rutscht.

Wie ich schon sagte, die drei Male, an denen ich dieses Rezept ausprobiert habe, hatte das gegrillte Mammutfleisch tatsächlich eine beglückende, aufheiternde Wirkung. Aber ich muß dich darauf hinweisen, daß es einmal Erbrechen, Durchfall, Blässe und bei zwei Tischgästen sogar Blutungen und Anämie hervorgerufen hat. Wie dem auch sei, wenn sie gut zubereitet sind, solltest du niemals eine Einladung zu gegrillten Mammutlenden ausschlagen.

Einige verbohrte Wissenschaftler leugnen die aufheiternde Wirkung des Mammut. Gib nichts auf ihre bitterbösen Kommentare: Sie haben es nie probiert, und folglich fehlt ihnen der einzige gültige Beweis. Eine unfehlbare Regel der Kochkunst besagt: Vertraue nur dem, der es selbst probiert hat. Und ich, der ich das Mammutfleisch probiert habe, kann nur sagen: In drei von vier Fällen führt es zu erquickender Heiterkeit.

K inder sind manchmal weinerlich und wollen weder von diesem noch von jenem einen Bissen nehmen. Sie verziehen das Gesicht, schreien, stampfen, protestieren. Und die Mütter raufen sich die Haare und leiden, weil ihre Kinder den Mund nicht halten, sich nicht beruhigen, nichts essen wollen und deswegen nie so rote Wangen bekommen werden wie die von nebenan. Es gibt einen Geheimtip, wie man den Kampf gewinnen kann. Er stammt nicht von mir, sondern von meinem Meister Pellegrino Artusi, dem klügsten Koch der Romagna, dem wohltätigen Erfinder weniger, aber zuverlässiger hausgemachter Süßspeisen. Ich übersetze:

»Wenn ihr ein frisches Ei habt, schlagt das Eigelb in einer großen Tasse mit zwei oder drei Löffelchen feinstem Zucker auf; schlagt dann das Eiweiß, bis ihr einen festen Schaum erhaltet und hebt es vorsichtig unter das Eigelb, ohne daß der Schaum zerfällt. Stellt dem Kind die Tasse mit ein paar Stückchen Brot hin, damit es sie eintunken kann, bis es einen gelben Bart bekommt und zufrieden ist. Ach, wären doch alle Speisen für die Kinder so harmlos wie diese, dann hätten wir weniger hysterische und verkrampfte Menschen auf der Welt!«

E rinnerst du dich an den Spruch: »Nichts wünscht die Schöne sich so sehr, als daß ihres das Los der Häßlichen wär«? Das Sprichwort kann Trost für die Häßlichen oder Desillusionierung für die Schönen bedeuten. Doch ist es eher eine Warnung: Gib acht auf dich! Manche Frauen kommen nicht weiter, weil sie zuviel Talent haben; sie sind hübsch, und sie haben sich nie um etwas bemüht, sondern sich immer darauf verlassen, daß ihnen alles mit Leichtigkeit gelingt, und darüber sind sie nicht hinausgekommen. Der Gedanke, daß hübsche Frauen dumm sind, ist weit verbreitet, aber das stimmt natürlich nicht. Einige hübsche Frauen aber genügen sich selbst und meinen, Schönheit allein reiche aus; sie sind nachlässig und verblöden so allmählich. Sie berauschen sich am Singsang ihrer Schönheit und verharren für immer in diesem Zustand, auch wenn sie längst verblüht sind.

Einige sind intelligent und schön. Aber sie sind beides so sehr, daß viele Männer den Mut verlieren und wie gelähmt sind, weil sie sich unterlegen fühlen. Das ist ein Fehler der Männer, klar, aber er wirkt sich auf dich aus; sollte das bei dir der Fall sein, dann denke an den Rat des Weisen: »Verberge die Schönheit durch Nachlässigkeit.«

Aber es gibt noch eine gefährliche Situation, nämlich wenn die Frau sich vor lauter Angeboten nicht entscheiden konnte. Männer umschwärmten sie wie Motten das Licht, zu viele, und vielleicht wählte sie, in Leidenschaft entfacht, einen aus. Aber was soll man tun, wenn die Nächte ein stetiger Wechsel von Schlaf und Serenaden waren? Unzählige Männer schienen Schlange zu stehen, um sie dir darzubringen. Und so ist es schwer, sich in den einen zu verlieben, sich definitiv zu entscheiden, denn niemand vereint in sich alle Vorzüge; und wenn der eine etwas flotter war, dann war der andere gebildeter, jener reicher, dieser sympathischer, ein anderer lustiger. Aber es war keiner dabei, der lustig, flott, sympathisch und gebildet war ... eben alles zusammen. Ich verstehe dich: Du hättest gerne einen von meinen Cocktails zubereitet und die Eigenschaften nach Belieben gemischt, aber das ist nun einmal nicht möglich. Und so macht eben jeder Fehler.

An dieser Stelle sollte wohl ein Rat oder zumindest ein Trost kommen. Aber mir fällt nichts ein. Ich kann dir keinen Rat geben außer dem, daß du deine Fehler (niemand ist davon frei) kultivieren, sie feilen und polieren, sie offen zeigen solltest, um deutlich zu machen, daß du nicht zur unerreichbaren Welt der Engel gehörst. Verberge deine Unzulänglichkeiten nicht, denn auf den, der deine Fehler liebt, kannst du dich verlassen, für deine Reize und Qualitäten kann sich ein jeder begeistern.

E ntgegen dem, was in so manch berühmter Abhandlung steht, hilft Rosenblüteneis nicht gegen schlechten Atem. Hat sich dieser treue Mitbewohner erst einmal eingeschlichen, hilft nur eins: Zahnbürsten, Zahnseide, Mundwasser, kurzum, eine ausgiebige Hygiene dieser besonderen Art Eingeweide, genannt Mund, das die Natur so weit nach außen gelegt hat. Empfindest du es als Beleidigung, wenn ich dir sage, daß du dir die Zähne putzen sollst? Ich weiß, daß du das tust und nicht einfach damit aufhörst. Wenn dem so ist und der Mitbewohner trotzdem nicht weichen will, dann versuche es mit den Rosenblüten, sie sind viel besser als Mentholsprays. Ich glaube zwar nicht, daß es hilft, aber andere Rezepte setzen noch mehr Aberglauben voraus.

Der Jungfrau, die diesen seltsamen Zustand ändern und das Schloß, das ihren Leib zusperrt, aufbrechen möchte, will ich den passenden Schlüssel geben.

Es ist so viel Lärm um diese einfache Angelegenheit gemacht worden, daß es nicht einfach ist, sie von den Spinnweben vergangener Jahrhunderte zu befreien.

Vor einer Minute war man noch Jungfrau, und dann ist man es nicht mehr. »War das alles?« Die Mehrzahl der Frauen ist einfach enttäuscht; auch weil es überhaupt nicht so wehtut und sie wünschten, die Schuld, sofern vorhanden, möge mehr schmerzen. Und auch weil sich die Lust selten so schnell einstellt und sie wünschten, daß das Vergnügen mehr Vergnügen bringen würde.

Ich denke, in Wirklichkeit ist gar nicht die Jungfräulichkeit an sich das Interessante und Beunruhigende. Das Entscheidende, was dich – vielleicht – ängstlich oder beklommen macht, ist, daß du nackt bist und es das erste Mal ist. Es ist nicht leicht, sich vor einem Fremden auszuziehen; und jedes erste Mal ist geprägt von einem Durcheinander von Erwartungen, Ängsten, Wünschen und Zweifeln. Und zwar in solchem Maße, daß jemand einmal gesagt hat, das Geheimnis, wie man sich den Enthusiasmus bewahrt, läge darin, die Dinge immer so zu tun, als wäre es das erste oder das letzte Mal in unserem Leben.

Aber kommen wir auf unser Thema zurück. Mit wem soll das erste Mal sein? Ich verurteile die alte

Sitte der Hochzeitsnacht mit legalem Ehebund und offiziellem, bereits autorisiertem Ehemann keineswegs. In den Handbüchern der frommen Frauen heißt es schließlich: »Opfere deine Jungfräulichkeit auf dem heiligen Altar der Ehe.« Das ist eine Form der Entjungferung, geschützt durch Gesetze und abgesegnet von den Kirchen, die dem Akt unbestreitbar eine gewisse Feierlichkeit geben. Doch nicht alle wollen auf die Flitterwochen warten, um es auszuprobieren. Ich klage sie nicht an. Früher heirateten die Mädchen mit vierzehn; heute muß man warten, bis man, was weiß ich, zwanzig oder dreißig ist, oder noch länger. Und wenn man sich jahrzehntelang die Dinge nur in der Phantasie ausmalt, kann das die Wunschvorstellungen und Gedanken allzu sehr aufblähen.

Es ist seltsam, was die Jungfräulichkeit lange Zeit in vielen Kulturen für ein Prestige genossen hat. Schon der größte Dichter des fröhlichen Englands behauptete: »Es ist gegen die Ordnung der Natur. Die Partei des Jungfrauentums nehmen, heißt, seine Mutter anklagen; welches eine offenbare Empörung wäre ...; noch nie ward eine Jungfrau geboren, daß nicht vorher ein Jungfrauentum verloren war. Euer Jungfrauentum, einmal verloren, kann zehnmal wieder ersetzt werden ...«*

Mit wem soll es also sein, wenn diese witzige Argumentation dich überzeugt? Mit dem geliebten Partner? Mit einem verständnisvollen Freund? Mit einem Cousin in den Ferien? Mit einem Unbekannten, bei dem du keine Konsequenzen zu befürchten hast? Mit dem Mann, in den du hoffnungslos oder hoffnungsvoll verliebt bist? Mit einem, der dir nicht allzuviel bedeutet, aber dazu dient, dir aus der mißlichen Lage herauszuhelfen? Liebste Freundin, was soll ich sagen. Die Frauen haben alle Varianten ausprobiert, und die Antwort ist bei allen ähnlich: nicht gerade überwältigend. Das Beste wäre, auch wenn der glückliche Umstand selten gegeben ist, es mit Liebe und als Geliebte zu tun, aber man kann nicht immer auf eine so seltene Fügung warten.

Den Rohling und den Gewalttätigen solltest du meiden. Ebenso den Puritaner mit dem Elefantengedächtnis, der dir dein ganzes Leben mit törichtem Stolz vorhält, daß er der erste war. Hüte deinen Körper auch vor denen, die nicht dein Alter haben. Es ist gut, wenn das Gefühl und die Erfahrung nicht allzu unterschiedlich sind. Die Angelegenheit ist wirklich nicht weltbewegend. Denke an den Aphorismus jenes weisen Mannes: »Das Virginitätsideal ist das Ideal derjenigen, die entjungfern wollen.«* Es ist nicht deines, ängstliches Mädchen, und nicht das der liebenswerten Jünglinge, es ist das Ideal präpotenter Männer.

I ch habe Handbücher und Abhandlungen gewälzt, um dir einen Rat zu geben, was du nach der Geburt tun sollst. Auf einmal ist da ein schreiendes Wesen an deiner Seite. Es hat Hunger und fordert. Aus irgendeinem Grund heißt dieses Kind ja Säugling: Er spricht nicht und fordert schreiend das einzige, was er will, Milch. Wie der eine oder andere Liebhaber ist auch er in deine Brüste verliebt.

Der sehr weise König Alfonso wußte es schon vor Jahrhunderten: Du selbst mußt deine Kinder stillen. Keine Saugfläschchen und Ammen, dafür hat Gott dir nicht nur eine, sondern zwei Quellen weißer Milch in den prall gefüllten Brüsten geschenkt. Aber wenn du unglücklicherweise doch eine Amme brauchst, beherzige den Rat des weisen Herrschers: »Die Ammen müssen gesund, gesittet und von guter Abstammung sein, denn so wie sich das Kind im Bauch der Mutter entwickelt und heranwächst, wächst es weiter bei der Amme, die ihm die Brust gibt, bis sie ihm entzogen wird, und weil die Zeit des Aufwachsens länger dauert als die im Mutterleib, bleibt es nicht aus, daß es viel von dem Körper und den Sitten der Amme aufnimmt.«

Jetzt weißt du, woran du dich zu halten hast; dein Kind wird genauso werden, wie diejenige, die es großzieht. Also Vorsicht mit den Kindermädchen, Ammen und Zofen; von ihnen saugt der Knabe mit der Milch ein, was er einmal sein wird, wenn er zu sprechen anfängt.

Du glaubst, du hast ihn einmal geliebt. Oder besser gesagt: du hast ihn tatsächlich geliebt. Aber wenn du jetzt an ihn denkst, läuft dir ein Schauer über den Rücken, und du empfindest nichts als Ekel. Es war, als hättest du einen Ritter in Rüstung geliebt, und plötzlich quillt die wabbelige, schleimige Masse eines abscheulichen Wesens heraus. Und du fragst dich: Wie konnte ich, so wie ich jetzt hier stehe, jemals so etwas lieben? Wie soll man mit dieser von Wut durchtränkten Erinnerung leben?

Das Schlimme ist, daß du hin und wieder an seinen leeren Panzer, an sein Moluskenfleisch denken mußt. Und du wünschtest, du könntest all die Fehler und Marotten dieses als Held verkleideten Laffen zusammennehmen, um den Zustand vollkommener Gleichgültigkeit zu erreichen, damit du nicht mehr an ihn denken mußt, oder höchstens so wie einem durch den Kopf geht, daß man vergessen hat, das Gelee für das Frühstück zu besorgen. Ohne Haß, ohne Zittern, ohne Rachegelüste.

Eine Hexe aus dem Ödland der Hochebene, eine hochmütige Person, die sich gut in den Büchern auskannte, hat mir einmal das Rezept gegeben, wie man die unangenehme Erinnerung an eine vergangene Liebe auslöschen kann. Um diesen Schandfleck aus der Erinnerung zu löschen, muß man offensichtlich zur Grausamkeit barbarischer Rituale zurückkehren und einem unschuldigen, aber abstoßenden Tier Gewalt antun.

Du mußt dir eine Schnecke ohne Haus besorgen. Eine von denen, die nach dem Regen gemächlich über den Boden kriechen und hinter sich eine Spur aus schaumigem Schleim zurücklassen, der so ekelerregend ist wie die Erinnerung an besagte Person. Du legst die Schnecke auf ein pastellfarbenes Leinentaschentuch und nimmst eine Handvoll feines Salz. Streue das Salz auf die Schnecke und weide dich daran, wie sie anfängt, sich zu winden und sich unter Krämpfen in Nichts aufzulösen. Dann reiße dich von dem Anblick los, binde das Taschentuch zusammen und vergrabe es zwanzig Zentimeter tief im Boden. Mit der in Salz aufgelösten Schnecke wird auch die widerwärtige Erinnerung verschwinden.

Ich habe das Rezept nie selbst ausprobiert, aber die freundlich lächelnde Priesterin aus dem Hochland hat mir versichert, daß es wirkt.

N ur wenige kennen die Heilmethode, die ich gleich erläutern werde, und noch weniger erkennen ihre Wirksamkeit an. Aber es ist vielleicht das einzige Rezept, das immer hilft. Ich hätte es gerne *Heilung durch das Gesicht* genannt, denn es gibt niemanden, der nicht in seinem Gedächtnis eine bescheidene Anzahl von Gesichtern gespeichert hat, deren Anblick ihn fröhlich stimmt.

Der Ritus zur Wiedererlangung der inneren Ruhe ist folgender: Du brauchst zwei Stühle, einen Tisch, Geflügelleberpastete, ein paar Scheiben frischen Vollkorntoast, eine eisgekühlte Flasche Sauternes-Wein, und dir gegenüber das bekannte Gesicht des Freundes, der Freundin, eben eines von denen, die uns unsere innere Ruhe zurückgeben, wenn wir sie nur anschauen.

Die Pastete erinnert die Freunde daran, daß sie Fleisch sind. Das Brot führt ihnen vor Augen, daß alles aus der Erde kommt und dorthin zurückkehrt. Der Geist des Sauternes belebt noch mehr, was uns lebendig macht: die Möglichkeit zwei Gedanken zu vereinen.

I ch werde zwei fremde und weise Aussagen zu-
sammenfügen, um dich zur Mäßigung anzu-
halten. Die eine stammt von dem kurzsichtigen,
hinkenden Quevedo mit der bösen Zunge, der sagte:
»Alles, was zuviel ist, war schon immer Gift.« Die
andere stammt von dem schwer verdaulichen Ceronetti, einem Spezialisten für das Schweigen des Körpers: »Ganz gleich wie wenig du ißt, es ist zuviel.«*

Was soll das, wirst du dich fragen: ein Koch, der
mich zur Magersucht animieren will? Nein. Um
verstanden zu werden, muß man übertreiben. Aber
beim Essen darf man nie übertreiben; es ist besser,
Lust nach mehr zu verspüren als sich vollzustopfen.

Außerdem gibt es nur einen Geheimtip, wenn
man nicht vom Essen dick werden will: Man muß
die Gerichte gut zubereiten. Die schlechte Küche
hat den unangenehmen Effekt, daß sie den Hunger
kaum vertreibt, der Appetit wird durch sie nicht gestillt. Die köstlichen Speisen hingegen befriedigen
nicht nur den Bauch, sie besänftigen auch den Geist,
und deswegen reichen vernünftige Portionen völlig
aus. Um so schlechter das Essen, um so mehr wirst
du erbarmungslos alles in dich hineinstopfen auf
der Suche nach einem tiefen Genuß, der sich nicht
einstellen wird.

W ie sollst du dem glauben, der dir sagt, daß er dich liebt? Wenn es doch eine List gäbe, um sich Gewißheit zu verschaffen, daß er nicht lügt, irgendeinen gelben Zaubertrank, der, wenn er ihn mit einem Silberlöffel zu sich nimmt, das Geheimnis seiner wahren Gefühle enthüllt. Der Trunk würde sich grün verfärben, wenn er lügt, und knallorange, fast rot, wenn feststeht, daß er dich sehr liebt; und je intensiver das Rot ist, um so mehr liebt er dich. Wenn die Brühe aber ihren ursprünglichen Gelbton behält, so heißt das, daß du ihm in Herzensangelegenheiten völlig gleichgültig bist.

Ich weiß, daß eine solche Rezeptur mich reich machen würde. Es wäre eine nützliche, leicht anzuwendende Erfindung. Wie eine Ampel. Ich habe Jahrzehnte mit Pülverchen, Wurzeln und Kräutern verbracht, um diesen sich verfärbenden Trunk zu finden. Bis jetzt ist es mir noch nicht gelungen. Da es also keine unfehlbare Methode gibt, halte dich an die alte mathematische Weisheit: man darf von der Hälfte immer nur die Hälfte glauben. Wenn nach diesen beiden Divisionen noch ein Fünkchen Hoffnung übrigbleibt, fang an, ihm zu glauben, aber vergiß nie: Männer sind Feiglinge, wenn es um Liebe geht.

E r redet davon, wie erschöpft er ist, daß er keine Minute erübrigen kann. Lügen. Das einzige, woran es ihm mangelt, ist die Kraft, das Leben zu denken, und die nötige Ruhe zu spüren, wie es verstreicht.

Wenn er keine Zeit hat, wenn er viel arbeitet und die Sekunden mißt wie andere Stunden und Tage, wenn er unfähig ist, sich ein Weilchen in Ruhe hinzusetzen und mit dir zu plaudern, glaub ihm nicht. Die Arbeit ist das Versteck, das die Männer gefunden haben, um nicht nach einem menschenwürdigeren Rhythmus leben zu müssen. Es ist ihre Art, allein sein zu können, ohne sagen zu müssen, daß sie allein sein wollen.

E rinnerst du dich an die alte Weisung des Freundes von Diotima, »Erkenne dich selbst«? Natürlich erinnerst du dich. An dieser Stelle werde ich mir eine chauvinistische Bemerkung erlauben: Diese Weisung nützt bei Frauen nichts; sie wollen lieber die anderen als sich selbst erkennen. Was das Erkennen angeht, neigen Frauen zweifellos zum Altruismus.

Die Menschen, das weißt du nur zu gut, mißfallen oder verprellen uns nicht wegen ihrer großen Gesten, ihrer Heldentaten oder bedeutenden Unternehmungen. Im Gegenteil: im Kleinen, Unbedeutenden, in winzigen, unwichtigen Details liegt die Bedeutung des Menschen, der verborgene ihm zugrundeliegende Plan, und dort entscheidet sich, ob wir jemanden mögen oder nicht.

Einmal, durch ein Zusammentreffen verschiedener Umstände, das manch einer als magisch bezeichnen würde, enthüllte sich mir die Methode, wie man die Menschen erkennen kann. Sie ist einfach, aber sie setzt eine fast kindliche Unvoreingenommenheit voraus, um die Details überhaupt wahrzunehmen. Wie bei einer Schachpartie verfügen alle Mitspieler über die gleichen Figuren, fünf an der Zahl:

Einen mittelgroßen Porzellanteller
Eine Gabel und ein scharfes Messer
Eine Serviette
Eine reife Orange

Vielleicht bist du, wie immer, von meiner übermäßigen Einfalt enttäuscht. Aber ich habe festgestellt, daß in der Art, wie ein Mensch eine Orange schneidet oder schält, und an den Gesten, wie er sie in mundgerechte Stücke teilt und sie ißt, der Schlüssel zu seiner Persönlichkeit und zu den Wurzeln seines Verhaltens liegt.

Du wirst vor allem feststellen, daß es in allen Regionen Menschen gibt, die so methodisch sind wie die Deutschen und die Japaner, aber auch Japaner und Deutsche, die so chaotisch sind wie der roheste und ungeschickteste Wilde. Du mußt die Einzelheiten analysieren. Die Art, wie jemand die Orange schält, ist von großer Bedeutung: Es ist nicht dasselbe, ob jemand die Frucht in der Hand dreht und die Schale spiralförmig von oben nach unten schneidet, so daß eine einzige Schlange oder Feder voller Erhebungen und Windungen übrigbleibt, oder ob er erst die Spitzen abschneidet und sie dann von oben nach unten einschneidet, um die symmetrischen Streifen wie Blütenblätter abzuzupfen. Es ist nicht dasselbe, ob jemand sie erst gar nicht schält, sondern sie statt dessen in zwei Hälften teilt und sie sich mit Schale zum Mund führt und mit den Zähnen das Fruchtfleisch abnagt, oder ob jemand eine Scheibe herausschneidet und mit dem Messer das Innere bearbeitet, bis es sich nach und nach ablöst, oder ob jemand die Orange nach dem Schälen scheibchenweise verspeist.

Es gibt fast so viele Arten Orangen zu essen, wie es Menschen gibt. Dasselbe gilt für die Art, die Kerne aus dem Mund zu spucken oder das Gesicht zu verziehen, je nachdem, ob der Saft süß oder sauer schmeckt. Ich kann dir keinen Schlüssel für jede einzelne Bewegung geben, aber beobachte deine Gäste, während sie die Orange essen, darin liegt die Chiffre für ihre Welt, daran kannst du erkennen, ob du sie magst oder nicht. Sogar an dem Gestus der Extravaganten, die die Orange zurückweisen und sagen: »Tut mir leid, aber Zitrusfrüchte vertrage ich nicht« (womit viele sagen wollen »Ich mag sie nicht«), wirst du erkennen können, ob du sie magst oder nicht.

Du findest dich häßlich? Verzeih, wenn ich eher davon ausgehe, daß du unwissend bist. Es gibt da etwas, das heißt die bildenden Künste. Was in diesen Künsten hervorgebracht wird, ist so wunderbar, daß der Mensch es seit Jahrtausenden kultiviert, pflegt und erhält. Es ist die Erinnerung an das, was uns gefällt. Gehauene Steine, Gefäße mit Zeichnungen, Malereien, Leinwände, Mauern, Skulpturen und in neuerer Zeit auch Fotos und Filme. Und darauf findet man vor allem Bilder von Frauen. Sieh sie dir genau an, und du wirst feststellen, ganz gleich wie du aussiehst (dein Gesicht, dein Körper, deine Vorderansicht oder dein Hinterteil), irgendwo, irgendwann warst du der Prototyp des Schönen. Und für irgend jemanden wirst du doch auf alle Fälle eine Schönheit sein.

Wenn du von dir behauptest, daß du häßlich bist, willst du damit sagen, daß du nicht dem aktuellen Schönheitsideal entsprichst. Was nicht heißen muß, daß es niemanden gibt, der dich bewundert, denn es gibt immer noch Leute mit Charakter, die nicht nach den Modellen der Umwelt urteilen, sondern danach, was sie mit eigenen Augen sehen.

Vielleicht weißt du es noch nicht, aber irgend jemandem raubst du den Schlaf, den Appetit. Er hat dich nur einmal gesehen, aber trotzdem ist es, als ob er dich schon immer gesucht und wie in einer plötzlichen Erleuchtung gefunden hätte. Wie durch den Effekt einer Art Urgedächtnis erkennt er dich wieder, und du bist es, und nur du, die er gesucht hat.

Du weißt es vielleicht nicht, aber in irgendeinem Winkel dieser Erde gibt es einen Mann, der dich sucht.

D u bist krank, und man kann nichts dagegen tun; du wirst sterben. Was dir noch an Leben bleibt, sind Monate (drei, elf, siebzehn ...), nicht Jahre. Die dich lieben, wissen es und weinen heimlich, damit du nicht erfährst, daß sie es wissen. Du nimmst Abschied. Du läßt deinen Blick über die Dinge schweifen, die du geliebt hast. Du schaust aus dem Fenster und siehst den Guajakbaum mit seinen frischen grünen Blättern und weißt, daß die Zeit nicht mehr reicht, um ihn noch einmal in strahlendem Gelb zu erleben. Du nimmst Abschied. Unmerklich nimmst du Abschied von den Personen und den Dingen. Du betrachtest alles mit der Wehmut des letzten Males, und etwas in dir ballt sich, zieht sich zusammen, es will protestieren, aber es kann nicht, es wehrt sich und gibt schließlich nach.

Nach einer Zeit willst du das Leiden verkürzen, doch du bringst es nicht über dich. Die Opium versucht haben, behaupten »Das einzig Wirkliche ist der Schmerz«. Es ist gut, wenn du den Schmerz, also die Wirklichkeit, unterdrückst. Wenn du es so möchtest, hast du ein Recht darauf, in Ruhe vom Leben Abschied zu nehmen. Das Rezept kommt aus der Blüte der Mohnblume.

L aß nicht zu, daß er, daß irgend jemand dich in der Küche einsperrt; auch wenn viele der Ansicht sind, daß Frauen dorthin gehören. Du darfst nicht allein in der Küche sein, sonst schmorst du am Ende verbittert im eigenen Saft. Es stimmt, man kann durchaus Zerstreuung an den Kochtöpfen finden, und bei großer Sorgfalt und guten Zutaten wirst du das Verlangen bei dem, der mit dir zusammenlebt, wachhalten. Aber beschränke dich nicht darauf, dich in der Küche aufzuhalten, und vor allem nicht allein. Tu folgendes: Sorge dafür, daß er ein einfaches Gericht zubereiten kann und anfängt zu glauben, daß er, nur weil er ein Mann ist (das glauben sie nämlich alle), dich auch (sie sagen immer auch) in der Küche übertreffen kann.

Für diesen Plan eignet sich beispielsweise eine Tortilla von diesen Knollen, die die Spanier in unnötiger Verlängerung des Wortes *patatas* nennen müssen und die bei uns einfach *papas* heißen. Aber laß ihn auf keinen Fall die Tortilla wenden. Zeig ihm, wie man die Kartoffeln schält und sie in Scheiben schneidet, die weder zu dick noch zu dünn sind. Damit er versteht, was du meinst, sag ihm, daß sie nicht dicker sein dürfen als die Münze, die er in der Tasche hat (du wirst sehen, wie er die Münze herausholt und Maß nimmt). Zeig ihm auch, wie er sie in das noch kalte Öl in die Pfanne legen muß. Sag ihm, daß es nicht so einfach ist, zehn Eier in einer großen Schüssel gut zu verquirlen, so daß es keine Spur mehr von Eigelb oder Eiweiß gibt, und daß es darauf ankommt, mit Fingerspitzengefühl die richtige Menge Salz zu nehmen und den richtigen Moment abzupassen, in dem man zu den Kartoffeln eine einzige große, in Scheiben geschnittene Zwiebel und eine Handvoll fein gehackter Petersilie gibt.

Sag ihm auch, wie man die Kartoffeln und die angebratenen Zwiebeln herausholt, wenn sie die Farbe einer Sonnenküste im Herbst angenommen haben, und sie kalt unter die verquirlten Eier mischt. Und danach zeigst du ihm, wie man die Masse in wenig Öl vorsichtig stocken läßt, sag ihm, er soll dir Bescheid sagen, wenn sie oben fest wird. Die Tortilla zu wenden ist, wie ich dir schon sagte, das Schwierigste an der Sache. Zeige es ihm nicht, schicke ihn woandershin, während du mit Hilfe eines Deckels das erforderliche Wendemanöver vollziehst. Wenn er zurückkommt, wird er die gebräunte Seite oben sehen und sich über seine Fähigkeiten in der Kochkunst wundern. Noch ein paar Minuten, dann sagst du ihm, er soll die Tortilla mit ein paar Scheiben Brot auf einer Platte anrichten.

Das ist ein guter Anfang, um einen treuen Gefährten für die Küche zu gewinnen. Mach mit Salaten, Kurzgebratenem und verschiedenen Fruchtsäften weiter. Es wird der Tag kommen, an dem du siehst, wie er ein Rezept liest und Wundersames vollbringt. Nach vielen Jahren merkt ein Paar, daß es in der Küche am leichtesten ist, einer Meinung zu sein. Deswegen: Schließ dich nicht ein, laß nicht zu, daß das zu deiner einzigen Eigenschaft wird, lerne, wie man sich einen Küchenjungen heranzieht.

W as wären wir ohne Kaffee! Unser Land hat jahrhundertelang dank dieser Pflanze und dem Getränk der Araber überlebt. Es ist eine fügsame, schwache Droge von wundersamer Wirkung, denn sie belebt das Bewußtsein, ohne es in Zustände von himmelhoch jauchzend bis zu Tode betrübt zu versetzen. Es ist das ideale Getränk gegen Schläfrigkeit und Faulheit, gegen Mutlosigkeit und Apathie, gegen Leidenschaftslosigkeit und übermäßige Resignation. Voltaire, ein wacher und vergnügter Geist, ein heiterer Philosoph, der nie ein Magengeschwür hatte, trank täglich mehr als dreißig Tassen Kaffee, um seine Erfindungsgabe und Verstandeskraft anzuregen. Wie der Beschreibung eines bekannten spanischen Voltaire-Anhängers* zu entnehmen ist, hat der Kaffee bei Voltaire seine beste Wirkung gezeigt: »Voltaire ist der Literat, dem man die wenigsten unheilvollen Äußerungen vorwerfen und in dessen Namen oder auf dessen Doktrinen sich berufend man am schwierigsten Verbrechen begehen kann.« Das ist das Verdienst des Kaffees, da bin ich mir sicher.

Wenn man mutlos ist oder man zuviel gegessen hat oder die Leere des Schweigens allmählich über den verbalen Austausch siegt oder wenn schlechte Laune die gute Stimmung verdrängt oder wenn man eine Nacht durchmachen muß, gibt es keine angenehmere und tröstlichere Flüssigkeit als den Kaffee.

Hilft dir nicht die köstliche Erwartung eines Milchkaffees aus der morgendlichen Schlaftrunkenheit und der sanften Umarmung der Decke? Ich kenne keine bessere Art, den Morgen zu beginnen, außer wenn du mit ein wenig mehr Zeit zusätzlich zum Kaffee die Liebe mit deinem Geliebten genießen kannst. Das ist die ideale Kombination, aber sie ist bei der Hektik heutzutage nicht immer möglich.

Wenn man Kaffee zubereitet, ist es am besten, ihn erst bei Bedarf zu mahlen und nur heile, ganze Bohnen zu verwenden, von denen möglichst viele auf dem Berg im Schatten von Kakao, Eiscremebohne und Erdbeerbaum gewachsen sein sollten. Ich sage dir, was ideal wäre, nicht was unbedingt erforderlich ist. Aber du mußt ihn unbedingt kurz vorher mahlen und ein Gerät verwenden, das den gemahlenen Kaffee ganz langsam mit fast kochendem Wasser aufbrüht. Die Italiener haben gute Methoden erfunden, um das ordentlich zu machen, aber auch die Türken mit ihrem spitzen Kännchen und die Nordlichter mit ihrer Kanne mit dem Kolben. Das sind alles gute Methoden, Kaffee zuzubereiten.

Trink ihn langsam, öffne die Augen, belebe die Sinne. Mit Kaffee wird das Leben durchschaubar. Aber den Kaffeesatz solltest du weder trinken noch darin zu lesen versuchen. Vom Anschauen bekommt man Gehirntumore, und wenn man ihn hinunterschluckt, Magenkrebs.

D en schönsten und klassischsten Apfelnamen trägt eine Frucht mit Rosengeschmack. Sie ist eigenwillig, selten, aromatisch. Niemand pflanzt sie an, sie wächst einfach so auf riesigen Bäumen, die anderen Pflanzen Schatten spenden. Ihre Schale ist glatt und rund, innen hat sie zwei Kerne. Sie ist ein wenig trocken, nur leicht feucht wie ein Blütenblatt. Es ist der Rosenapfel. Sie ist wie ein Riechfläschchen voller Geheimnisse, wie eine parfümierte Kugel, wie die Wange eines Mädchens.

Wenn du am späten Nachmittag Rosenäpfel ißt, wirst du des Nachts in perfekter Harmonie mit dem anderen Mund küssen. Wenn du morgens Rosenäpfel ißt, wirst du die perfekten Küsse der Nacht zuvor wieder spüren. Iß Rosenäpfel, damit du das Küssen lernst, iß Rosenäpfel, damit du geküßt wirst.

Und das Geheimnis des Kusses, worin liegt es? Manchmal hat man den Eindruck, daß der andere sich nicht hingibt. Er markiert eine Grenze mit den Zähnen, er deutet Zweifel mit seinen steifen Lippen an und der Luftaustausch funktioniert nicht, als würde die Seele, also der Atem, sich der Hingabe verweigern. Aber es gibt andere, bei denen die Münder perfekt zusammenpassen, wie die Teile eines Rätsels. Das ist es: Manchmal harmonieren andere Münder nicht mit dem unsrigen, es gibt keine Übereinstimmung, sie finden einfach nicht zusammen. Solange du ihm nicht einen langen, intensiven Kuß gegeben hast, wirst du nicht wissen, ob der, der dir gefällt, dir gefallen wird, bis der Tod euch scheidet.

Diesen dreisten Kerl, der deine Nähe sucht und nicht merkt, daß du nicht willst; der seinen Schenkel auf dein Knie preßt, der seine Hand ohne Anmut und Wirkung, oder nur mit abstoßender, auf deinen Körper legt; diesen Plagegeist, der schlimmer ist als ein Moskito, der einen am Einschlafen hindert, schlimmer als ein Stein im Schuh, so überflüssig wie ein Pickel auf der Nase, wie Groll zur falschen Zeit und am falschen Ort, ekelerregend wie üble Gerüche beim Essen, wie ein Haar in der Suppe, diesen Kerl, der so klebrig ist wie ein Honigbonbon, verhaßt wie ein Unglücksrabe, dieses Gähnen in Menschengestalt, dieses aufdringliche Etwas – ich sage dir, wie du ihn los wirst.

Bereite folgende Mixtur zu: Zwei Unzen Strychnin, sechs Gramm Schierling, eine Prise Arsen und drei Teelöffel Quecksilber, alles gut mit Methylenblau vermischt. Ich weiß, du bist gut erzogen, und der Apotheker will dir die Zutaten nicht geben. Aus diesen beiden Gründen wird dieser aufdringliche Kerl, von dem wir sprachen, wieder mit seinen Flegeleien und der Grapscherei anfangen.

Du kannst dein gutes Benehmen einmal für einen Augenblick vergessen, und ihn mit einem ungeheuren Schrei in diese grenzenlose und unüberbrückbare Distanz schicken, die mit dem Satz »Scher dich zum Teufel« gemeint ist. Aber es ist besser, ohne aus der Rolle zu fallen, ein wirklich grauenhaftes Rezept anzuwenden, um ihn loszuwerden, eine Speise, die Bissen für Bissen Zunge und Gaumen quält und Verwüstungen in Speiseröhre und Bauch anrichtet.

Bereite eine Mayonnaise aus nicht gerade faulen, aber auch nicht sehr frischen Eiern zu und nimm dafür das ranzige Öl, das du benutzt hast, um Fisch zu braten. Viel, sehr viel Mayonnaise muß es sein. Stell in der Zwischenzeit eine Handvoll Suppennudeln auf und lasse sie dreimal solange kochen wie auf der Packung steht. Vermische die übriggebliebenen Bohnen vom Mittwoch mit ein paar Stückchen Rinderleber und einem Stück vom Huf. Hol die weißlichen, glibberigen Nudeln aus dem Topf, gib die Mayonnaise und die Bohnen dazu und reibe etwas alten Käse darüber.

Sag, du hättest keinen Hunger und serviere ihm die Mischung lauwarm, fast kalt. Koste auf keinen Fall von dem Gemisch. Beobachte lieber, wie sich die Augen des aufdringlichen Kerls verfinstern. Weil er ein Schmeichler ist, wird er deine Kochkunst loben und sogar noch Nachschlag verlangen. Er wird zwei Gläser lauwarmes Wasser in sich hineinstürzen (stell es lauwarm aus der Küche direkt auf den Tisch). Irgendwann wird er nach der Toilette fragen. Wenig später wird er behaupten, er habe etwas vergessen, er müsse dringend noch etwas erledigen, und zur Tür eilen. Wie dein Essen wirst du ihm unvergeßlich bleiben. Aber er wird nicht zurückkehren. Geschafft, er wird nicht mehr wiederkommen, du bist ihn ein für allemal los.

Wenn er doch wiederkommt, hilft nur noch Zyanid oder Strychnin (zumindest in der Phantasie).

Beten? Aber ja, da ist nichts Schlechtes dabei, am besten auf Latein, denn das ist die Sprache, die unsere Heiligen beherrschen. Du kannst die Sprache von Ovid und Lukrez nicht mehr? Du weißt keinen einzigen Satz mehr von den Gebeten, die der Heilige Geist dem Heiligen Ambrosius diktiert hat? Das ist schlecht. Dann muß ich dir wundertätige, sanfte Stoßgebete geben, die das Ohr des stolzesten, des abweisendsten Heiligen erweichen. Höre zum Beispiel diesen getragenen, nie seine Wirkung verfehlenden Hymnus der Sieben Schmerzen:

Eheu! sputa, alupae, verbera, vulnera
Clavi, fel, aloe, spongia, lancea,
Sitis, spina, cruor, quam varia pium
Cor pressere tyrannide.
Cunctis interea stat generosior
Virgo martyribus: prodigio novo,
In tantis moriens non moreris, Parens
Diris fixa doloribus.

Du verstehst kein Wort? Na schön, dann werde ich es für dich übersetzen:

Wie tyrannisch haben die unzähligen Schläge
dein Herz bedrückt,
der Hunger, die Bitterkeit, die Lanze, die Wunden,
die Nägel, die Dornen, das Blut!
Aber du hast all diesen Qualen widerstanden
heldenmütiger als die Märtyrer.

Es war ein Wunder, daß du überlebt hast,
denn diese Leiden sind tödlich.

Du siehst, wie einfach es ist, du Ungläubige. Wenn
du glaubst, wenn du Vertrauen hast, wenn du dich
der heiteren Kraft der Worte hingibst, kannst du die
ärgsten Qualen ertragen. Für den Notfall gebe ich dir
diesen Geheimtip:

Da die Gesundheit eure Sklavin ist
Und die Krankheit euch gehorcht,
Heilt unsere schwachen Seelen
Und macht, daß in ihnen die Tugend wächst.

Aber nein! Ich sage nicht, daß du eine Betschwester
werden sollst. Aber Worte leise vor sich hinzuspre-
chen, ohne Eile oder Langweile eine Rosenkranz
zu beten, sich hinzusetzen und zu meditieren, an
nichts zu denken, die Zeit von jeglicher Beschäftigung zu entleeren und sie in aller Ruhe verstreichen
zu lassen, sie nur mit Worten zu füllen, die du nur
vage verstehst, ist ein ganz altes Rezept, das über
Jahrhunderte hinweg deinen Schwestern in Leid
und Lust geholfen hat. Versuch auch du es, es scha-
det nicht.

D ie Routine macht das Leben nicht unerträglich, wie einige oberflächliche Lügner behaupten. Ganz im Gegenteil, vieles von dem, was wir tun müssen im Leben, ist so unerträglich, daß es, würde es nicht zur Routine, das Leben unerträglich machte. Irgendein Freund sagte mir einmal: »Die einzige Art, wie der Mensch das Leben ertragen kann, ist, es zur Routine werden zu lassen.«

Es gibt langweilige, unvermeidliche Aufgaben, die unseren Kopf nicht mit dem Schatten eines Gedankens oder eines Zweifels beleidigen sollten; man muß sie automatisieren und ohne Nachdenken ausführen: Staub wischen, Haare waschen, Boden schrubben, Rechnungen bezahlen, ins Büro gehen. Denke nicht daran, wie schrecklich es ist, laß es zur Routine werden. Akzeptiere kampflos die unvermeidlichen täglichen Aufgaben und spare dir deinen Enthusiasmus für die außergewöhnlichen auf. Koch und iß einfache Gerichte an normalen Tagen. Aber wenn es etwas Besonderes gibt, dann soll es ein Festmahl sein. Der Mensch erträgt keine täglichen Bankette. Routinetätigkeiten sollen zu einem unhörbaren Summen werden, zur notwendigen Grundlage des anderen, des wahren Lebens, das du sehr wohl überdenkst, suchst, erneuerst, veränderst und schützt. Laß das, was dich begeistert, nicht zur Routine werden. Erledige das, was dich nicht interessiert, aber nun einmal getan werden muß, in einer sturen Routine, damit es nicht zur Last wird.

Ich will niemandem den rechten Weg weisen. Die verschlungenen Wege, die unser Leben geht, kommen uns manchmal vor wie Irrwege, wie nutzlose Umwege, wenn es über so manche Abkürzung schneller ginge. Aber ich will nicht über Schuld oder Unschuld, falsch oder richtig, Lob oder Strafe entscheiden.

Niemand kann dir den sicheren Weg zum Glück weisen. Den schaffst du dir ganz allein, und er hängt dennoch nicht von dir, sondern von einer für jeden Menschen anderen Mischung aus Zufall und Willen ab. Was willst du machen, wenn deine Phantasie dich dazu verleitet, die falsche Person zu lieben? Wenn du dich für das Alleinsein entschieden hast, obwohl es besser für dich wäre, Tisch und Bett mit jemandem zu teilen? Aber niemand weiß das im voraus, und die Erfahrung anderer ist keine Hilfe.

Für diese Momente der Ungeduld, in denen dir das Leben wie verschwendete Zeit vorkommt, werde ich dir ein Rezept geben, mit dem die Minuten gelassener verstreichen und das dich davon überzeugt, wie unbedeutend Sekunden, Stunden oder Tage sind. Laß sie schweigend verstreichen und lerne diese Langsamkeit von dem murmelnden Kaninchen.

Das unruhige, nervöse, zitternde Kaninchen beendet seine Reise auf der Welt ohne Fell, ohne Eingeweide und tranchiert in einem Tontopf. Sein bläuliches Fleisch löst beinahe Mitleid aus, und man beginnt, die Vegetarier zu verstehen. Man muß eine

ausgiebige Reinigungs- und Opferzeremonie durch-
laufen, um zu wagen, das zarte Fleisch zu kauen. Es
handelt sich, wie ich dir schon sagte, um das murmelnde Kaninchen.

Das Kaninchen kommt also zerteilt in den Topf.
Hinzu fügt man viele Kräuter und Gewürze: Thymian, Lorbeer, Pfeffer, Nelken, Oregano, Rosmarin,
Petersilie. Und Knoblauch und große Zwiebeln.
Zwei Liter Rotwein, trocken und blutrot. Dann stellst
du den Topf auf ganz, ganz kleine Flamme, am besten nicht direkt auf die Flamme, sondern nur in deren Nähe. Und nach Stunden fängt das Kaninchen
an zu murmeln. Es kocht nicht, es gerät nicht in
Wallung, es protestiert nicht, es läßt seinen Geist in
einem sanften, bedächtigen, Gemurmel hinaus, fast
unhörbar, unmerklich. Ein paar kurze kleine Blasen.
Es muß den ganzen Nachmittag, die ganze Nacht
und den ganzen Morgen hindurch murmeln, und
erst am Abend des folgenden Tages kann man es kosten. Die Bissen sind köstlich, sanft, unbeseelt. Trotz
der Knochen sind sie fast pflanzlich, denn die Knochen sind nach zwei Tagen wie Kerne oder Samen.
Das murmelnde Kaninchen wird dich lehren, ruhig
zu werden und loszulassen, ganz so wie du es willst.
Probiere dieses Küchengeheimnis, dieses Säuseln
oder Schnurren, dieses Murmeln aus, wenn du mir
nicht glaubst oder damit du mir glaubst.

Manch eine beichtet auf einem Betstuhl, hinter einem dunklen Gitter. Andere, vielleicht weisere, gehen ins Bad und waschen sich. Beide sind am Ende sauber und frei von Schuld. Eine Dusche, ein Vollbad, ein Weilchen plaudern bei entblößter Brust. Gute alte Rezepte, um sich heiter zu stimmen.

Wenn du jemanden triffst, den du ertragen kannst (das ist schon viel), und dieser Jemand dich auch ertragen kann (ein solcher Zufall sollte schon fast mißtrauisch machen), und wenn du ihn manchmal sogar nicht nur ertragen kannst, sondern ihn noch näher bei dir haben möchtest, wenn er dir fehlt, wenn er mal später kommt, und dein Gemüt sich aufhellt, wenn du ihn siehst, dann zögere nicht, dich dieser trostlosen Nähe, dem Zusammenleben, zu unterwerfen: Es ist gut möglich, daß du es mit ihm aushältst.

S treite es ab, sag nein, nein, nein, so etwas wäre dir noch nie in den Sinn gekommen. Nein, ich halte hier keine Lobrede auf die Lüge, sondern auf das Mitleid. Der Mann zieht es wie du vor, nichts von einem zufälligen Abenteuer zu erfahren. Quäl ihn nicht mit vollkommen unnötiger Ehrlichkeit und Offenheit. Beichte nichts und fühle dich nicht schuldig. Auch wenn es sichere Indizien gibt, streite es ab, es ist besser, dem Mann einen Zweifel zu lassen, an dem er sich ins Vergessen hangeln kann. Wie schon Ovid, mein Meister, sagte: »Ich habe nichts dagegen, daß du mich betrügst, denn du bist schön; aber ich Armer möchte es wenigstens nicht zur Kenntnis nehmen müssen. Ich bin ja kein Zensor, der dir Keuschheit auferlegt, aber ich bitte dich, wenigstens zu versuchen, deine Untreue zu verheimlichen.«*

Ich will noch konkreter werden: Hab Mitleid mit uns; wir Männer lieben die Unwahrheit. Besser gesagt, wir wollen die Wahrheit nicht wissen, obwohl wir sie im Grund erahnen. Nimm uns nicht die Möglichkeit, dich weiter zu lieben. So wie man nicht immer nackt sein kann, wäre auch ständige Wahrheit nicht zum Aushalten. Gestehe nicht, laß dich nicht durchschauen, versuche nicht, dein Gewissen zu entlasten. Oder tue es bei einem Priester, aber nie bei deinem Partner. Es gibt keine größere Schuld als die Unfähigkeit, Sünden zu verbergen.

Damit du keine nutzlosen Wahrheiten ausplauderst, solltest du in großen Schlucken etwas von diesem schottischen Getränk zu dir nehmen, mit

Eis oder ohne (du weißt schon). Und gib ihm auch einen Schluck ab, der Whisky begünstigt entgegengesetzte Gefühle, er fördert den Betrug und die Leichtgläubigkeit.

Fürchte deine Schwester, deine beste Freundin und natürlich auch die Unbekannte. Mißtraue der, die in dir am wenigsten Mißtrauen erweckt, und beschwöre den Hexenzauber, koche das Blut der Vampirin, laß dir Angst einjagen von den scharfen Krallen der Harpyie und dem lasziven Lächeln der Koketten.

Fürchte sie, fürchte sie alle, beschuldige sie, beschwöre sie, greife sie an, verprügele sie. Es ist die sicherste Methode, ihn zu verlieren.

Jemand hat einmal gesagt, die Eifersucht sei Hundegebell, das die Diebe anlockt. Außerdem ist sie mit der Feigheit verwandt, die so häufig vor der Zeit tötet. Und dem Eifersüchtigen werden vor der Zeit Hörner aufgesetzt, denn er glaubt an den Verdacht und negiert die Wahrheit. Wie ein Hypochonder sieht er überall Symptome. Und das Verwunderliche daran ist, daß die Wahrheit, die Gewißheit, weniger Schmerz und weniger Wut verursacht als der reine Verdacht.

Apropos: Ich habe einen (mentalen) Trank, um die Eifersucht zu besänftigen oder wenigstens zu verschleiern, wenn nicht gar zu heilen. Stell dir das Schlimmste vor: Mal dir aus, wie er mit seinem Mund über die Haare an ihrem Bauch fährt, stell dir vor, wie sein Geschlechtsteil in das deiner schlimmsten Feindin eindringt, vernimm sogar ihre Lustschreie. Mach nicht weiter, oder doch, sieh ihn vor dir, wie er lächelt und woanders mit ihr glücklich ist. Wirst du nicht ein wenig ruhiger? Nein, natürlich nicht. Es gibt kein Rezept gegen die Eifersucht.

E ines Tages wirst du, sofern nicht schon geschehen, die schreckliche Trostlosigkeit des Zusammenlebens spüren. Er sieht dich nicht. Plötzlich bist du zu einem unsichtbaren Wesen geworden, irgendetwas in seinen Augen läßt dich verschwinden. Bei dieser Einsamkeit in Gesellschaft nutzt kein Gezeter, und auch Klagen oder Lachen bewirken nichts. Es ist eine grausame Überraschung plötzlich festzustellen, daß man mit einem taubstummen Blinden zusammenlebt, der aber den Fernsehschirm, den Staub in den Ecken, die Fingerabdrücke auf den Gläsern sehr wohl sieht und auch das Telefon läuten hört und lautstark Geschäfte abwickelt.

Für dieses akute Leiden, so sagen einige Optimisten, gibt es eine Lösung in der Küche. Und sie schlagen das folgende Rezept vor, um die Stimmung zu verändern:

Man besorge sechs entbeinte Wachteln (so schön, daß sie einem ein »Donnerwetter!« entlocken), säubere sie sorgfältig, würze sie mit Salz und Pfeffer. Danach brät man sie in einer Mischung aus Butter und Öl leicht an und fügt ein paar Handvoll aromatischer Kräuter und ein paar Teelöffel Sahne hinzu. Dann kommen sie auf mittlerer Hitze in den Ofen, bis sie gar sind. Sie werden ganz heiß mit Püree serviert.

Leider sind sie so schwer auf unseren Märkten zu bekommen, daß mein Gaumen diese verhexende Beschwörung gegen die Gleichgültigkeit erst wenige Male gekostet hat. Ersetze die Wachteln durch

Zwerghühnchen aus Indonesien und schau, ob du mit dieser kleinen List weiterkommst. Wenn aber dein Mann anfängt blind zu werden, ist es am besten, wenn du nur noch auf die achtest, die dich sehen.

Es gibt kein Essen, das so gut ist, daß es nicht auch einmal schaden kann. Sollte einmal etwas schiefgehen, brich nicht für immer mit mir, deinem Freund. Man kann auch an Wasser ersticken.

Wenn einer meiner Ratschläge dir vielleicht nicht gefallen oder gar eine schädliche Wirkung gehabt hat, bitte ich dich, ihm eine zweite Chance zu geben. Wenn es noch einmal mißglückt, zögere nicht, die Seite aus diesem unschuldigen Büchlein zu reißen und sie zu vernichten.

G ehört dieses bescheidene Handbuch in die Küche? Ich bin kein genußsüchtiger, gichtkranker Gourmet oder großer Gastronom; mein Handwerk, wenn ich denn eins habe, ist das alte, verschwommene Laster, die Augen über Buchstaben schweifen zu lassen: Ich lese. Und bei dieser Beschäftigung habe ich festgestellt, daß auch meine Kolleginnen, die Rezepte für Hausfrauen verfassen, nicht immer so ganz genau sind. Doña Sofía Ospina beispielsweise sagt bei einigen Gerichten, sie sollten »die notwendige Zeit« im Ofen bleiben und herausgeholt werden, »wenn sie fertig sind«; und Maraya de Sánchez, Stichwort »Cordon Bleu«, schreibt bei einem Rezept, man solle »eine entsprechende Menge an Eiern nehmen«; Doña Simone Ortega, verwandt mit dem Philosophen, benutzt so geheimnisvolle Maßangaben wie »ein wenig, eine Prise, einen Klacks«.

Ich bin nicht exakter und will meine Lehrmeisterinnen nicht übertreffen. Es ist mein Streben, eine Lösung für deine Melancholie zu finden, und den rechten Weg hat mir ein Poet aus England gewiesen, der eine seiner Figuren, die vor lauter Vernunft fast verrückt wird, sagen läßt: »Gib etwas Bisam, guter Apotheker, meine Phantasie zu würzen. Da ist Gold für dich!«* Ich möchte nichts anderes sein, ein guter Apotheker, ein Pharmazeut, Herr über die Rezepte, die deine Phantasie mit Duft erfüllen sollen.

Anmerkungen

9: »Come l'aria riempie i vuoti che si formano tra i corpi, così la noia occupa le pause e gli intervalli tra le passioni.« Giacomo Leopardi, »Dialogo di Torquato Tasso e del suo genio famigliare«, in: *Operette morali.*

19: Es handelt sich um eine Anspielung auf Dichter des stark regionalistisch geprägten Antioquia, dessen Bewohner sich für eine eigene Rasse halten. Die zitierten Verse stammen von Gregorio Gutiérrez González.

30: Jorge Luis Borges, *Lob des Schattens.*

58: »Lustlos am Tisch, lustlos im Bett.«

74: Sprüche 7, 15–20.

83: William Shakespeare, *Ende gut, alles gut,* I. Akt, 1. Szene. Das Zitat ist aus Teilen der Rede des Parolles zusammengesetzt.

84: Karl Kraus, *Sprüche und Widersprüche,* 2. Kapitel (›Moral Christentum‹).

89: Francesco de Quevedo, Sonett *Al señor de un convite, que le porfiaba comiese mucho* aus den satirischen Gedichten.
Guido Ceronetti, *Das Schweigen des Körpers.*

100: Gemeint ist der spanische Philosoph Fernando Savater.

112: Ovid, *Amores.* 3,14.

118: William Shakespeare, *King Lear,* IV. Akt, 6. Szene.

 **Héctor Abad** ist 1958 in Medellín, Kolumbien, geboren, wo er heute als Schriftsteller und Journalist lebt. Er arbeitet unter anderem als Kolumnist für *El Espectador* in Bogotá.

Kulinarisches bei Wagenbach

Peter Heine   Köstlicher Orient
Eine Geschichte der Esskultur
Diese kulinarische Kulturgeschichte breitet den ganzen Orient
mit seinen duftenden Gewürzen und schillernden Geschichten vor uns aus. Ein faktenreicher Überblick über 1500 Jahre
orientalische Küche und Essgewohnheiten mit über 100 Rezepten zum Nachkochen.
Bedrucktes Leinen. Zweifarbig gedruckt und mit sehr vielen Abbildun-
gen. 240 Seiten

Françoise Hynek, Peter Urban-Halle
Jahreszeiten der französischen Küche
Eine kulinarische Reise mit 77 Rezepten
Für zwei Dinge – so sagt man – lassen sich die Franzosen und
Französinnen gerne viel Zeit: für die Liebe und fürs Kochen.
Dieses schön gestaltete Kochbuch führt mit vielen Anekdoten
und Rezepten genüsslich durch Frankreichs Jahreszeiten und
Regionen.
SALTO. Rotes Leinen. Fadengeheftet. 168 Seiten

Luciano Valabrega   Puntarelle & Pomodori
Die römisch-jüdische Küche meiner Familie
Luciano Valabrega, römischer Künstler, Dichter und passio-
nierter Koch, hat mit den traditionellen Gerichten seiner jüdi-
schen Familie auch seine Erinnerungen an das Leben im Rom
des Faschismus und der Nachkriegsjahre aufgeschrieben. Ein
ungewöhnliches, überreiches Kochbuch voller Geschichten.
SALTO. Rotes Leinen. Fadengeheftet. 144 Seiten

Liebesgeschichten bei Wagenbach

L'amour toujours – toujours l'amour?
Junge französische Liebesgeschichten
Die Liebe spricht französisch!? Dieses schöne Klischee be-
stärken und unterlaufen diese Erzählungen sehr junger fran-
zösischsprachiger Autorinnen und Autoren auf eigenwillige
Weisen.
Herausgegeben von Annette Wassermann
WAT 776. 192 Seiten

Françoise Sagan   Ein gewisses Lächeln
Roman
»Und wenn schon. Ich war eine Frau, die einen Mann geliebt
hatte. Eine simple Geschichte und kein Grund, sich aufzuspie-
len.«
Aus dem Französischen von Helga Treichl
WAT 775. 144 Seiten

Madeleine Bourdouxhe   Gilles' Frau
Roman
»Wenn er kommt, steht sie immer regungslos da, ein wenig
verstört, so dass er auf sie zugeht und sie sanft auf die Stirn
küsst.«
Aus dem Französischen von Monika Schlitzer und mit einem Nach-
wort von Faith Evans
WAT 779. 160 Seiten

Christian Oster   Meine Putzfrau
Roman
»Keine Probleme, eine abflauende Verzweiflung, ein Beruf,
eine Putzfrau, es fehlte mir nur noch das Glück. Aber ich hatte
Zeit, ich war noch nicht mal ganz fünfzig.«
Aus dem Französischen von Lis Künzli
WAT 777. 192 Seiten

Noch mehr Liebe bei Wagenbach

Marie Darrieussecq   Schweinerei
Roman
Eine junge Frau erzählt die unerhörte Geschichte von ihrer langsamen Verwandlung in eine Sau. »Ich fürchte, es wird in diesem Buch bei einer Ungehörigkeit nicht bleiben; und ich bitte jeden, der sich unter Umständen schockiert fühlt, mir dies freundlicherweise nachzusehen.«
Aus dem Französischen von Frank Heibert
WAT 774. 160 Seiten

Véronique Olmi   Ein Mann – eine Frau
Roman
»Der Atem des Mannes war weit, passend zur Maßlosigkeit seines Körpers. Er war weit. Und voll. Und getröstet. Seine Finger hatten ihre Haare losgelassen.«
Aus dem Französischen von Claudia Steinitz
WAT 778. 112 Seiten

Vincent Almendros   Ein Sommer
Auch eine Liebesgeschichte
Zwei Liebespaare auf einem Segelboot im Mittelmeer. Wie soll das gutgehen? Die Sonne brennt, der Weißwein prickelt, die Urlauber sind angespannt. Ein erfrischend leichter Sommerroman, der ein verwegenes Spiel mit seinen Figuren treibt.
Aus dem Französischen von Till Bardoux
SALTO. Rotes Leinen. Fadengeheftet. 96 Seiten

Wenn Sie mehr über den Verlag und seine Bücher wissen möchten, schreiben Sie uns eine Postkarte oder elektronische Nachricht (mit Anschrift und E-Mail). Wir informieren Sie dann regelmäßig über unser Programm und unsere Veranstaltungen.

Verlag Klaus Wagenbach   Emser Straße 40/41   10719 Berlin
www.wagenbach.de   vertrieb@wagenbach.de

Kulinarisches Traktat für traurige Frauen erschien 2001 als 103. *SVLTO* und als Neuauflage im Herbst 2017 in der Jubiläumsedition *30 Jahre SVLTO*.

Wir bedanken uns herzlich bei **Kösel** (Druck und Bindung, zum Jubiläum mit rotem Faden), bei den Papierlieferanten **Cordier** (Innenteil) und **peyer graphic** (Vorsatz) und bei **Gebr. Schabert / van Heek Textiles** (im Wagenbach-Rot gefärbtes Leinen) für gleichbleibende, höchste Qualität und die jahrelange, freundliche Zusammenarbeit.

Die Originalausgabe erschien 1997 unter dem Titel *Tratado de culinaria para mujeres tristes* bei Alfaguara in Bogotá.

© Héctor Facilince Abad
© 2001/2017 für die deutsche Ausgabe:
Verlag Klaus Wagenbach, Emser Straße 40/41,
10719 Berlin   www.wagenbach.de
Umschlaggestaltung Julie August unter Verwendung des Fotos *Indoor Sculpture von Erwin Wurm* © VG Bild-Kunst, Bonn 2017. Autorenfoto © Sebastian Maiwind.
Gesetzt aus der Scala. Vorsatzpapier von peyer graphic, Leonberg, und Leinen von Gebr. Schabert, Strullendorf. Gedruckt auf chlor- und säurefreiem Papier und gebunden bei Kösel, Krugzell. Printed in Germany.

ISBN 978 3 8031 1202 6

9 783803 112026